中华魂

ZHONGHUA HUN

百部爱国故事丛书

献身革命 甘于清贫
——梅岭忠魂方志敏

谷 旭 张国华 编著

吉林人民出版社

图书在版编目（CIP）数据

献身革命 甘于清贫：梅岭忠魂方志敏 / 谷旭，张国华编著. -- 长春：吉林人民出版社，2011.3（2021.8 重印）
（中华魂·百部爱国故事丛书）
ISBN 978-7-206-07504-9

Ⅰ.①献… Ⅱ.①谷… ②张… Ⅲ.①革命故事—中国—当代 Ⅳ.① I247.8

中国版本图书馆 CIP 数据核字 (2011) 第 032566 号

献身革命　甘于清贫
——梅岭忠魂方志敏

XIANSHEN GEMING　GANYU QINGPIN
——MEILING ZHONGHUN FANG ZHIMIN

编　著：谷　旭　张国华
责任编辑：周立东　　　　　封面设计：孙浩瀚
制　作：吉林人民出版社图文设计印务中心
吉林人民出版社出版 发行（长春市人民大街7548号　邮政编码:130022）
印　刷：北京一鑫印务有限责任公司
开　本：787mm×1092mm　1/16
印　张：8　　　字　数:64千字
标准书号：ISBN 978-7-206-07504-9
版　次:2011年3月第1版　　印　次:2021年8月第2次印刷
定　价:35.00元

如发现印装质量问题，影响阅读，请与出版社联系调换。

总　序

　　《中华魂》是一套故事丛书。它汇集了我国自鸦片战争以来一百八十余年间的近百位民族英雄、仁人志士、革命领袖、先进模范人物的生动感人事迹，表现了他们作为中华儿女的伟大的爱国主义精神。

　　爱国主义是人们对于"生于斯、长于斯、衣食于斯"的祖国的一种神圣感情，是人们对于自己民族的一种强烈的责任感和使命感，是感召和激励整个中华民族的一面永不褪色的旗帜。在一百多年的中国近现代史上，爱国主义一直激励着中华儿女为祖国的独立、统一、进步和繁荣而英勇奋斗。从"苟利国家生死以，岂因祸福避趋之"的林则徐，到"我自横刀向天笑，去留肝胆两昆仑"的谭嗣同；从"铁肩担道义，妙手著文章"的李大钊，到"青春换得江山壮，碧血染将天地红"的赵一曼；从"县委书记的好榜样"的焦裕禄，到"问鼎长天，扬我国威"的邓稼先……都表现出了强烈的爱国主义精神。正是由于热爱祖国的人们前仆后继地奋斗，国家和民族才得以生存，才能够在一次次历史危急关头转危为安，走向兴盛和富强，从而屹立于世界民族之林。爱国主义是鼓舞中华儿女历经忧患、跨越沧桑、百折不挠、自强不息的伟大力量，它贯穿于中华民族的整个历史，并有力地凝聚着五洲四海的中国人。

爱国主义是一个历史的范畴，在社会发展的不同阶段、不同时期有不同的具体内容。革命时期，需要我们为祖国的独立自主出生入死；建设时期，需要我们为祖国的繁荣富强增砖添瓦。在全国各族人民团结一心，开启全面建设

总序

社会主义现代化国家新征程的今天,我们要争做一名新时期的爱国者。新时期的爱国者要有强烈的民族自尊心、自豪感。民族自尊心、自豪感是任何时期、任何爱国者都必须具备的情感。民族自尊心能增强我们自立向上的恒心,民族自豪感能树立我们建设祖国的信心。要树立"祖国高于一切"的崇高信念,为了祖国和人民的利益不惜抛却个人的利益,甚至不惜牺牲个人的生命。我们要树立终身学习的理念,拓宽自己的知识面,广泛吸收新知识、新技术,完善自身的知识结构,更新学习知识的方法与理念,从思想上、知识上充分武装自己,为祖国的繁荣昌盛贡献力量。

爱国主义思想的继承和发扬,是关系到民族盛衰、国家兴亡的根本问题。爱国主义思想情操的形成,需要不断地培养。培养爱国主义精神的一个重要途径是向英雄人物和典范事迹学习和致敬。这套丛书的出版,对于青少年向英雄和先进人物学习,特别是对于在中小学生中进行爱国主义教育是不可多得的生动的教材。祝愿此书出版发行成功,为培养时代新人做出贡献。

胡维革

中华魂百部爱国故事丛书

编委会

策　划：胡维革　吴铁光
　　　　林　巍　冯子龙
主　编：胡维革　邢万生
副主编：贾淑文　杨九屹
编　委：（按姓氏笔画为序）
　　　　于二辉　刘士琳
　　　　刘文辉　孙建军
　　　　李艳萍　吴兰萍
　　　　谷艳秋　隋　军

血染东南半壁红,
忍将奇绩作奇功。
文山去后南朝月,
又照秦淮一叶枫。

——叶剑英

目　录

湖塘少年的思考　　　　/ 001

踏上革命征程　　　　　/ 013

投身农民运动　　　　　/ 022

屡建奇功　　　　　　　/ 035

血染东南半壁红　　　　/ 056

千秋青史永留红　　　　/ 069

革命夫妻互称兄妹　　　/ 088

中华魂 百部爱国故事丛书
ZHONGHUA HUN

湖塘少年的思考

弋阳县，位于江西省东北部。信江自东北蜿蜒流入，经西南出境汇入鄱阳湖。浙赣铁路通车之前，弋阳是江西东部横贯东西、连接南北的咽喉之地。九区漆工镇，在弋阳北乡，距县城30公里，沿漆工镇东北方向步行1公里左右，有一个湖塘村。村庄背靠两座低矮的山冈，冈上树木茂密，一片青翠；村边有3口清浅的池塘，蓄水养鱼兼作灌溉。塘前是稻浪千重的大田坂。一股碧绿的溪水流经田坂，绕过村庄，从一座洁白的石拱桥下，潺潺地流向左边的树林中。

1899年农历七月十六日，湖塘村一个世代务农的大户人家喜气洋洋，出出进进的妇女们乐得合不拢嘴，里里外外忙个不停，原来方家又添了一个可爱的男孩。祖父方长庚老人给孩子取名远镇，家里人都习惯叫他的乳名正鹄，人们熟知的却是他的学名志敏。从事革命活动后，曾化名李祥松、汪祖海、徐松柏。

方志敏的童年时代，帝国主义的侵略日渐加深，官府的苛捐杂税日渐加重，地主劣绅的巧取豪夺日渐加甚，加上连年的水旱灾害，使农村经济急剧衰退，方家也随着败落下来。方志敏的父亲方高翥，是位勤劳朴实的农民，为了供养孩子外地求学，不但卖了部分祖田，还负了七八百块银圆的高额利息。方志敏的母亲金香莲，是位善良谦和、持家勤俭的女性。姐姐嫁给德兴县张村沙路一户农民，他们夫妇都为掩护革命同志出过不少力。弟弟方志慧很早就参加了革命，曾负责苏区贸易工作，1933年7月任红十军战斗模范团87团团长时，在贵溪宛港战斗中不幸牺牲，年仅26岁。方志敏的叔伯和兄弟中为革命献身的有方高显、方远辉、方远杰等多人，可以说是忠烈满门。

　　由于出身农家，自小参加劳动，方志敏对农村生活和农民痛苦有着切身的感受。少年时代的方志敏就具有敬老恤贫的品德。路上遇着老人家上坡下岭，不

湖塘村全貌

论熟识与否，他立即近前搀扶，村里孤寡老人生病无人照料，他不止一次主动帮助送茶送水，还到镇上去代为买药。有一年春节前夕，他得知一位远房的婶母无钱买盐，便毫不犹豫地把自己卖草药换来的钱慷慨捐助。

方志敏对接触到的一些农村黑暗和人世间的不平，开始经常自问："为什么村里农民一年到头拼命苦做，终究不够生活；为什么农家整年不见肉面，连一块小猪肉也要留下涂几十回的锅；不买盐而吃淡菜；热天不穿衣服，宁愿让太阳晒脱一身的皮；晚上不点灯，宁愿摸黑；生病不吃药，宁愿病死；荒年就吃树皮、草根、观音土；租和债逼紧时，就出卖儿子老婆……"这时的方志敏已经开始了对社会改革的思考，对人生道路的

方志敏的弟弟方志慧　　方志敏的挚友邵式平

——献身革命　甘于清贫
——梅岭忠魂方志敏

探索。

有一次，他路过一家破旧的宅院前，只见门前闹嚷嚷地围着一群观众，里面传出粗重的吆喝声和悲切的哭泣声。走进一看，原来是"鼎丰商号"的账房先生带着几个狗腿子，一手拿着算盘，一手拿着账本，向屋内的一位寡妇厉声逼债。为了还债，她的丈夫已活活累死；由于太穷，眼睁睁地望着儿子病死。如今，孤苦伶仃的她，仅剩破衣烂衫、锅盆碗勺了，还要拿去抵债，这是要把她逼上绝路啊！她急得昏死过去，干枯的身体、惨白的脸、布满老茧的手……令人目不忍睹。

方志敏气愤极了，咬着牙暗暗发恨："鼎丰商号"的狗财主，总有一天让你死在我手里，邵襄臣这个老家伙，我一定要败你的家！

不久，旧历年的除夕到了。这天，当村里的孩子们欢天喜地准备过年的时候，方志敏不声不响暗中扎了一个稻草把，等到"鼎丰商号"关起"财门"，开始"爆竹一声除旧"的时候，他把稻草浸入茅厕，蘸上一大堆粪便,上面插张白纸条,歪歪扭扭地写上:"抬头见鬼,开门招灾"八个大字,端端正正地摆在"鼎丰商号"那贴有"生意兴隆通四海,财源茂盛达三江"红对联的门缝正中。这个"财神菩萨"邵襄臣,年初一清早打开"财门",准备"招财进宝"的时候,就碰上这件不吉利的事,真是欲怒不得,欲罢不甘。很快,九区一带贫苦农民就传开了这个新闻,个个眉飞色舞,满心称快。至今,漆工镇的老人谈起这件事,仍然津津乐道。

方志敏从小就勤奋好学。8岁那年,就把《三字经》《百家姓》《昔时贤文》之类的书烂记在心,相当于启蒙儿童三年所读的书,也是同学中年龄最小、成绩最好的一个。被先生夸为"奇才"。11岁那年,村里私塾因大旱闭馆,方志敏便转到高桥严常新的私塾搭学。第二年,严常新被"北乡王"大劣绅张念诚聘请到烈桥设学馆,方志敏又随严先生到烈桥就读。方志敏开始对老八股不感兴趣了,

方志敏狱中手稿

湖塘村历代名人榜，上面都是方家人的名字，可以说方家是忠烈满门。

功课之余，阅读一些传播改良主义和民主思想的文章。一次他弄到一本《启蒙画报》，这份画报图文并茂，内容丰富，既有介绍天文地理方面的科学知识，又有一些历史典故。特别是介绍中国的诸葛亮、范仲淹；外国的华盛顿、牛顿、瓦特等名人的轶事，方志敏感兴趣极了。接触了这些新知识以后，方志敏的眼界大为开阔了。

在烈桥学习一年以后，方志敏对枯燥无味的私塾学习生活已经厌倦，也对张念诚的行径感到憎恶。因此他便结束了在私塾的学习生活。方志敏17岁时考入弋阳县立高等小学校，校址在弋阳县城东门"叠山书

上海学生联合会印制的"本店不进日货"宣传单

院"。在弋阳高小，他依然是一个读书极用功的学生。由于他思想敏锐，听课专注，勤奋好学，各科成绩都名列前茅，因此经常受到老师的称赞。同学们见他追求科学知识，留心国事，待人诚恳热情，于是便成为同学喜爱的中心人物。他与邵式平三年同班，朝夕不离，情投志合，结为挚友。

那时，鼓吹民主，提倡民权，反对旧文化，提倡新文化等不满现状的文章和小册子非常流行。方志敏是一个憎恶黑暗，渴求光明的新青年，对于这类的文章和小册子，只要一到手，就废寝忘食地仔细阅读。同时，受各地青年学生和知识分子集会结社风气的影响，方志敏也将九区在校的学生组织了"九区青年社"，利用课余或假日聚集到一起，阅读进步书刊，谈论国家大事，探讨社会问题。方志敏还领导青年社活跃在社会上，开展了对反动文人、政客江元虎的斗争；又揭露并公布了"北乡王"张念诚的十条罪状，唤起群众对张念诚的憎恨。经过斗争的实际锻炼，方志敏他们开始认识到发动群众的重要。到了大革命特别是土地革命战争时期，"弋阳革命青年社"的会员绝大多数成了赣东北叱咤风云的革命志士，为劳苦大众的翻身解放事业做出了重大贡献。

1919年，在俄国十月社会主义革命影响下，震惊中外的反帝反封建的伟大浪潮——五四运动爆发了，北京各校的爱国学生纷纷走上街头游行示威。他们高呼口号，向北洋军阀政府请愿，要求惩办曹汝霖、章宗舆、陆宗祥3个卖国贼。爱国学生的正义之举却遭到北洋军阀的血腥镇压。消息传来，全国上下，特别是知识分子和青年学生纷纷罢

叠山书院位于弋阳城东、信江北岸，是为纪念南宋著名爱国志士、杰出诗人谢叠山，于1313年修建，是民族英雄方志敏的母校。1916年方志敏考入县立高小。在这里，他建立起赣东北第一个青年进步团体，开始踏上革命道路。

课游行，示威请愿，开展了轰轰烈烈的抵制日货、提倡国货运动。这一波澜壮阔的反帝爱国运动，深深触动了方志敏的心弦。在方志敏和邵式平等进步学生的倡议下，弋阳高小的全体同学立即行动起来，他们一方面把从北京寄来的《告青年学生书》《告各界同胞书》等宣传品到处张贴，并写好标语口号，在县城集会游行，组织小分队，深入街头巷尾讲演，号召群众不买日货，誓死不做亡国奴；另一方面，方志敏还和一些爱国同学一起，把自己平时使用的日本制造的脸盆、牙刷、牙粉、东洋席子等日用品，毫无顾惜地全部砸碎、销毁，以表示他们的反帝爱国之心。

方志敏这些日用品是家里好不容易弄到几个钱为他置办的。他深知砸碎了这些东西再也无力购置，但

著名雕塑家滑田友创作的浮雕《五四运动》生动地再现了1919年5月4日北京学生在天安门前集会示威游行的场面。

因爱国心所驱使，也顾不得考虑这些了。人们为方志敏等人的爱国热忱所激动，很快就在学校内掀起一个"查禁日货"的热潮。弋阳这个沉寂许久的小山城沸腾起来了！

方志敏纪念碑

艰苦的学习生活，加上废寝忘食地参加社会活动，使方志敏的身体受到摧残，20岁那年，他便染上了肺结核病，从此种下了病根。

1919年夏天，方志敏高小毕业，以优异的成绩考上了江西省立南昌甲种工业学校，人们习惯上称作"甲工"。由于勤奋好学，取得了优异成绩，享受完全免费待遇，成为同学中的佼佼者。这时，由五四运动掀起的浪花仍在翻腾，马克思列宁主义也已开始在中国传播，越来越多的青年学生关心时局，不满现状，大胆地追求新思想、新知识，寻找光明出路，方志敏成为青年学生中的杰出代表。

当时的"甲工"，完全为东洋系校长赵宝鸿把持，校政腐败。不少教员不学无术，依靠裙带关系占据讲台，滥竽充数，学生十分不满。方志敏便团结一些热心同学，发起组织了"甲工"学生自治会，他被选为负责人，带领同学公开揭露学校的腐败，要求改革校政，撤换"饭桶教员"。

有次上英语课，教英语的吴某更是笨蛋一个。他教英语"水"这个单词，先是拖长声音，用读八股文章的腔调念"打不溜——呃依——梯——伊——啊儿——沃特儿"（Water）。然后解释说，这是鄱阳湖的水，也是太平洋的水，鄱阳湖的水与太平洋的水有什么不同呢？于是大发议论，天南海北乱扯一通，最后阴阳怪气地问："大家——听——明白了没有？"结果一节英语课，就教了一个"沃特儿"，时间就这样混过去了。像这样误人子弟的老师多得很，如此下去，学生们的前途何在？

方志敏忍无可忍，于是提笔编写了一出讽刺剧《私塾的怪现象》，来抨击"甲工"腐败的校政。当台上那个扮演塾师的演员，模仿"甲工"英语教员吴某的举止神态，以八股腔调教学生读《百家姓》上的"赵、钱、孙、李"时，摇头晃脑地讲解说："赵就是招摇撞骗的招，钱就是死要银钱的钱，孙就是绝子灭孙的孙，李就是就在这里的里……"最后，他连贯起来，拖长声调，用手指着坐在台下前边观看的赵宝鸿及一批"饭桶教员"，加重语气，一字一顿地念道："招摇撞骗，死要银钱，绝子灭孙，都在这里！"全场观众对这种淋漓尽致的揭露和讽刺，报以哄堂大笑和热烈的掌声。赵宝鸿一伙又气又恼，铁青着脸，一个个猫着腰溜出了会场。

这次成功地演出，轰动了学校和南昌教育界。赵宝鸿恼羞成怒，决心惩治方志敏一伙儿。后来双方又进行了几次面对面的争论和斗争，方志敏愤然离开"甲工"。临别前，他对前来送行的同学说："赵宝鸿可以开除我离开'甲工'，但他开除不了我追求知识、追求光明的决心。今日分别，后会有期，你我各自珍重吧！"同学们紧握着方志敏的手，久久不肯撒开，真舍不得让他走。最后，只好含泪作别。

通过这次斗争，方志敏在南昌市进步青年学生中，名气更大，威望更高了。他不仅成为南昌公认的学生领袖之一，也已成为江西先进青年的一面旗帜。

踏上革命征程

1922年,方志敏怀着对于旧中国腐败政治的痛恨,怀着积极要求改造旧中国黑暗社会的宏愿,漂流到了无产阶级革命政党的诞生地——上海。原希望在上海能找个赖以糊口的工作,以便半工半读,以工养读。6月炎夏,毒热的太阳使人睁不开眼睛,浑身上下热得难受,特别想跳入冷水池中冲洗一下。方志敏身着一件干净整洁的粗布长衫,脚穿一双乡式的布鞋,在烈日下奔走着,不断地询问,不停地寻找,每次都是抱着极大希望敲开门,又怀着无限失望关上门。好多天过去了,长衫湿透,脸也由黄变黑,双脚红肿,但最终一无所获。口袋里有限的几个钱,早已用光。他徘徊街头,举目所至,看到的是享乐者的天堂、穷苦人的地狱。

方志敏革命根据地景区景点分布图

一面是出入于酒吧间、跳舞厅、夜总会的大亨、阔少、贵妇、小姐；一面是衣着褴褛、沿街行乞的苏北逃荒者；一面是坐落在树荫丛中的豪华小洋楼；一面是低矮的破棚户……不快之感便油然而生。

谋事不成，就学无着，心烦意乱。恰好几个青年朋友邀他去法国公园散心，一走到公园门口，就看到竖着一块方木牌，上边写着入园条例。其中有两条便是"穿便服的华人不准入内""狗不准入内"几个字。方志敏全身突然一阵发热，脸都烧红了，感到从来都没有过的耻辱！在我们的国土上建造公园，反而将华人与狗并列禁止入园。华人在这个世界上还有立足的余地吗？还能生存下去吗？中国的出路究竟何在呢？

不久，他找到了《先驱》报编辑部，在那里结识了以贩卖报纸为职业而积极从事革命活动的赵醒侬。赵醒侬又名赵干，是江西南丰人，因家贫辍学，流浪上海已有多年。在困苦和现实生活的教育下，赵醒侬明确认识到旧社会制度的不合理，意识到进行革命斗争的重要性和必要性。因而在上海先后参加了中国社会主义青年团和中国共产党。赵醒侬以清晰的头脑，在生活极不安定的条件下刻苦学习革命理论的精神，以及果断坚毅的性格，对待朋友谦逊和蔼的态度，给方志敏留下了很深的印象。他们志趣相投，成为深交。从此，方志敏得到了团组织的关

方志敏花岗岩塑像和铜像

怀和教育。他晚上在《民国日报》社上班，白天到一所大学旁听，其他空闲时间就同赵醒侬等进步青年在一起针砭时政，研究马克思主义，探索中国革命的道路。

8月间，方志敏经团组织的了解和考验，由赵醒侬介绍，加入了中国社会主义青年团，实现了他多年的愿望。此后，他感到肩上的担子更重了，对自己的要求也更严了。不久，根据组织上的决定，他离沪返赣从事革命活动。

革命斗争的风雨把方志敏磨炼得更加成熟、坚强。1924年3月，经赵醒侬等同志介绍，方志敏在南昌由青年团员转为共产党员。他豪情满怀地立下誓言："共产党员——这是一个极尊贵的名词，我加入了共产党，做了共产党员，我是如何的引以为荣啊！从此，我的一切，直至我的生命都交给党去了。"

入党以后，方志敏更加忘我的进行革命工作。参与创建江西党的地方组织和改组国民党。他每天不是到这里开会，就是到那里去做革命工作，还要写稿子，编小报，邀请青年谈话，培养和发展党员、团员，从早到晚，忙得没有片刻休息时间。他经常是每天工作16个小时，日夜劳累，原有的肺结核病复发了，3个月内吐了三次血，严重地损害了他的身体健康。功夫不负有心人，经过方志敏、赵醒侬等同志的努力，江西的革命之火熊熊燃烧起来。

面对日益高涨的革命浪潮，江西的军阀们吓破了胆，阴谋策划进行镇压。他们查封了江西的进步刊物、组织，出动大批军警阻止群众集会讲演，并通缉方志敏等三四十人。整个南昌城被白色恐怖笼罩着。1925年冬，中共

赵醒侬像

方志敏爱国事迹陈列馆

江西地下组织被破获,赵醒侬同志不幸被捕入狱。消息传来,方志敏焦急万分,肺病复发,吐血不止。同志们赶忙将他送进医院,他痛哭失声,悲愤地说:"赵醒侬同志既已被捕,我何足惜呀!"说完,几乎昏厥过去。

赵醒侬是方志敏敬爱的领导者,也是相知最深的一位同志和朋友。赵醒侬同志自1922年秋,受党中央委派到江西工作以来,与方志敏在一起创立了江西的党、团组织,准备和领导了江西的革命运动。他被捕入狱后,始终坚贞不屈,表现出无产阶级战士的高贵品质。1926年9月英勇就义。方志敏曾满怀悲痛的心情,誉他是"江西为打倒帝国主义、打倒军阀、争取中华民族独立解放的革命运动的第一个牺牲者"。江西党的刊物和党中央的刊物当时都曾发表专文追悼。

　　方志敏住在医院里，当同志们悄悄到病房探望他时，他脸色消瘦苍白，头发蓬松，两眼深陷，半卧在病床上。同志们劝他暂移外县，避避风头。他斩钉截铁地回答说："革命事业的利益，更重于我个人的生命，我活一天就应该努力一天，哪怕明知道明天要死，也不能放弃今天的责任；明知晚上要死，早上还应该努力。我虽身住医院，但还要领导南昌的地下活动，要与反动军阀做殊死的斗争。你们不要以我个人的安全为念。"

　　说完喘息不止，一阵剧咳之后，又口吐鲜血。

　　方志敏这种临危不惧为革命呕心沥血的革命精神，深深地感染了在场的几位同志，给他们巨大的鼓舞力量，暗暗下了保证，更加勇猛地同敌人做斗争！

民国十七年九月七日《民国日报》头版广告

拓展阅读

江西"三杰"

在五四和新文化运动深入发展,马克思主义在全国广泛传播,中国共产党成立的历史背景下,江西一批在北京、上海、武汉、南京等地求学或工作的青年,结识了当地著名的共产党人,成为马克思主义的坚定信仰者。他们回到江西,积极传播马克思主义,并逐步与工人阶级相结合,创建江西省党、团地方组织,从事革命斗争。其中赵醒侬、袁玉冰、方志敏三人以其对江西建党和早期革命的卓越贡献,被誉为"江西三杰"。

醒侬公园

拓展阅读

我是个共产党员了！

方志敏

因为几年的斗争锻炼与团的教育，我的思想行动，逐渐无产阶级化，逐渐具备一个普通共产党员的资格。在1924年3月，经过赵醒侬等同志的介绍，在南昌正式加入中国共产党，这是我生命史上一件最可纪念的事！不管阶级敌人怎样咒骂和诬蔑共产党，但共产党终竟是人类最进步的阶级——无产阶级的政党。它有完整的革命理论、革命政纲和最高尚的理想，它有严密的党组织与铁的纪律，它有正确的战略和策略，它有广大的经过选择而忠诚于革命事业的党员群众，并且它还有得到全党诚心爱戴的领袖；它与无产阶级和一般劳苦群众，保持亲密的领导关系。共产党员——这是一个极尊贵的名词，我加入了共产党，做了共产党员，我是如何的引以为荣啊！从此，我的一切，直至我的生命都交给党！

投身农民运动

　　1924年夏季，为了开展平民教育，宣传新文化，宣传国民革命，方志敏回到家乡湖塘村，与方志纯、方远辉、方远杰一道，筹办了一所"旭光义务小学"。当时上面拨下的经费有限，他们主要依靠自己的人力和财力，因陋就简，把学校办起来了，免费吸收贫困失学的儿童入学。

　　当时弋阳九区有两个学派，一是以方志敏、邵式平为首的"弋阳革命青年社"，称为"新学派"；一是以张念诚为首的封建余孽，称为"旧学派"。

　　张念诚祖籍烈桥，和方志敏的故乡湖塘同属弋阳

1927年10月方志敏曾在乐平篁坞村汪其芬家养病

九区管辖。漆工镇是九区最大的封建堡垒,张念诚就是这个封建堡垒的土皇帝。在九区,上至警察所的巡官,下至乡下警察,大大小小都是他的帮凶和爪牙。他就是依靠这些帮凶和爪牙,强化他"北乡王"的统治地位。而今,张念诚正在操纵选举,收买选票,雇人写上自己的名字,想当"议员";贪污巨额选举经费,妄图把负担转嫁到选民身上。

弋阳新旧两派一场政治斗争开始了。方志敏和在各乡的"革命青年社"社员,广泛团结和发动群众,深入揭露张念诚的劣迹,宣传国民革命,宣传反帝反封建,宣传耕者有其田。鼓动群众不要受欺骗,自动起来收回自己的选票,清算张念诚经手的各项捐款和费用。方志敏还亲自执笔写了一篇题为《猪仔议员》的文章,将张念诚操纵选举的种种黑幕进行揭露,刊登在《寸铁》

方志敏展览馆内展出的方志敏烈士的巨幅画像

旬刊上，在农村广为传播。

一时间，张念诚操纵选举、贪污选举经费的丑闻传遍城乡，农民们联系他多年来鱼肉乡民、欺压百姓的种种劣迹，纷纷要求收回自己的选票。这个横行乡里、说一不二的土皇帝，想不到在他竞选议员即将大功告成之际，竟被方志敏这几个"新学派"的青年搅得羊肉没有吃到还惹了一身膻，处于尴尬境地。张念诚越想越生气，怎么也按捺不住自己的满腔怒火。经过一番精心策划，他决定对方志敏采取报复性的措施。

一天，方志敏正在湖塘与方远杰等人研究如何在"革命青年社"的基础上发展党团组织，如何组织群众开展反对贪官污吏、土豪劣绅的斗争，忽然，一个乡丁送来张念诚的一张"请柬"，邀请他到漆工镇警察所内议事，商量有关选举经费问题。

"哼！酒无好酒，宴无好宴。我看张念诚这条老狗

方志敏养病期间坐的红松椅

有些居心不良。"方远杰淡淡地说。

"是呀，正鹄，张念诚虽说是弋阳的'北乡王'，可往日并没有亏待过你，还指望你拜他做干爹，如今你得罪了他，唉，这该怎么才好呢？"方志敏的父母听了方远杰这么一说，也生怕张念诚会下什么毒手。

"什么干爹，我从来没有承认过这个干爹！"方志敏鄙夷地将"请柬"一扔，猛地站了起来，愤然说："公事公办，去，我这马上就去！"说罢，拿起灰白色长衫，就要动身。

"正鹄老弟，古时关云长单刀赴宴，还带了一柄长刀两个亲随。你如今赤手空拳，大意不得！"方远辉不无担心地这样说。

"不要紧的，看他能把我怎样？"方志敏边说边抡根文明杖，潇洒地朝漆工镇走去。

沿途的农民群众，听说方志敏只身前往警察所与张念诚议事，关切地注视着他那文质彬彬的风度和神态自若的背影，都暗地里捏把汗，为他的安全担心。

警察所设在漆工镇上一座古老的城隍庙内。殿堂就是警察所的议事厅。

张念诚身穿花缎子长袍，头戴黑色礼帽，架着一副茶色眼镜，表情严肃，神态木然。几个地方上的所谓绅士散乱地坐在一张八仙桌周围，时而捻须长叹，

漆工暴动胜利图

时而低声细语。

一见方志敏昂首阔步地走进来，室内气氛顿时显得更加紧张。不待方志敏坐下，张念诚就铁青着脸，凶狠地盯着方志敏说："正鹄，古人说青年人应以读书为先，你不在做学问上下功夫，往往颐气逞能，妄议县政，诽谤乡贤，这究竟为了什么？"

"哦，不知我们妄议了哪些县政，又诽谤了哪些乡贤？"方志敏理直气壮地问道。

"哼！装得挺像。闲话少说，今日找你非为别事，快把民众的选票交出，否则……"

方志敏轻摇纸扇，从容地说："选票么？选举是民众的权利，每个公民都有选举权，你可以竞选，我们

柯氏宗祠现辟为方志敏展览馆

中共闽浙赣省委机关旧址，保存有方志敏当年用过的办公桌椅和4个轮子的木板床。

也可以反竞选。选谁，不选谁，这是选民的自由权利。"说到这里，他话锋一转，站起身来，拿着纸扇指向张念诚，厉声说："像你张念诚，欺压百姓，横行乡里，勾结官府，包揽词讼，劣迹斑斑，路人皆知，大家能选你这样的'乡贤'吗？"

"你这……这，"他张着嘴，气得一时讲不出话来。

"不是你邀我来讨论选举经费问题吗？"方志敏接着义正词严地质问："关于选举费用，上面拨有专款，你为什么还要向地方摊派？专款用到什么地方去了？我们反对你建地方武装扩充私人势力。我们普及平民教育，你为什么横加刁难？"

张念诚逐渐被驳得语无伦次了，额角渗出了黄豆粒大的汗珠。

庙门外人声鼎沸。"反对操纵选举""清理选举经费"的呼喊声不绝于耳。原来是方远杰担心方志敏的安全，召集邻近的农民群众前来声援了。

到会的土豪劣绅原是被邀来壮胆助威的。他们完全错误地估计了形势，以为凭他们三言两语就可以把方志敏等人压下去。万万没有料到方志敏竟敢横眉冷对，更没有料到这样做竟然激起了公愤，聚众示威。面对这种紧张的局面，一时都手足无措，不知如何处置是好。

沉默了片刻，方志敏说："你们既然讲不出什么道理，我就先告退了！"说罢，向大家一拱手，大步流星

当年暴动队员使用过的一些武器和生活用品陈列在展览馆里

地走出了警察所。方远杰和一伙农民群众立即簇拥着方志敏向湖塘村归去。

从此,"旭光义务小学"实际成了"弋阳革命青年社"的办事机构。它除了白天教男女小孩,晚上还不定期办平民夜校,接受男女农民入学。农民群众通过这次与张念诚的斗争,也开始认识到自己的力量。后来,方志敏便以平民夜校为阵地,通过方远辉、方远杰等同志,不断对夜校的学员讲革命道理,讲党的政策,进行马克思主义的启蒙教育,发展党员团员,培养农民运动的骨干,建立秘密的农民协会筹备机构。从思想上、组织上为以后的漆工暴动奠定了良好的基础。

拓展阅读

学会感恩，首先要学会知恩

中午的时候，村上方华根、方富鸿、方荣满、方镇玫等另外几个放牛娃好朋友和私塾同学又来邀志敏一块去抓鱼。长得四方脸的方镇玫说："先抓鱼，后戏水，真好玩哩！"

比志敏小几岁，站在后面的方富鸿也说："塘里莲蓬多，先剥莲蓬后抓鱼，真有趣啊！"说着说着，不分青红皂白，就要拉着志敏往村外跑。

说起抓鱼，是志敏最喜爱的把戏了，可这一回他却不能去，他牵挂着父亲、母亲生病离不开人，他说："不行，我要回去煎药呀！"

不懂事的方镇玫说："等玩够了，再回来煎药也不晚嘛！"

这时，志敏就将他在高小所学的孝道和感恩道理告诉方镇玫说："你知道'教'字左边是什么字吗？"

念了两年私塾的方镇玫反应极快地回答说：

拓展阅读

"就是一个'孝'字嘛!"

志敏站在路边,俨然像一个老师娓娓道来:"是的,我们要学会感恩,首先要学会'知恩',要理解父母的养育之恩。俗话说得好,滴水之恩当涌泉相报。古人说过'百善孝为先',既然已经知道'教'字左边是一个'孝'字,就要尽孝道。"

随后,志敏又告诉方富鸿他们说:"你们知道吗?为供我读书家里负债累累,父亲、母亲天天在忧虑着,他俩省吃俭用苦积苦累在凑钱,真是可怜天下父母心。因此,为了今后不再自责,不再后悔,不再遗憾,大家从现在开始,要懂得如何为家庭而忧虑。为家庭分担忧虑,就要抱着一颗感恩的心,感谢父母,感谢亲人。"

从小给地主放牛、做长工的方华根,他虽然没有念过私塾,但小时候经常与志敏在一起放牛、做农务事,受志敏影响很大,人也很聪明,他站在边上领会意思后说:"志敏说得对,是要学会报恩，学会为家庭分忧，他的父亲、母亲现在正需要他呢！富鸿，今天就让志敏呆在家里吧！"

拿定主意后，志敏双手合掌，像梁山好汉似地说："谢谢兄弟们的相邀，你们去玩吧！改天有机会再聚吧，我今天要烧火、煎药、料理家务呢！"

那群"儿童散学归来早，忙趁东风放纸鸢"的顽皮同学和小时候的朋友们嘻嘻哈哈地走了。

就这样，志敏为了孝敬父母双亲，放弃了自己平日很喜爱的娱乐，片刻不离开父亲、母亲，按时送上汤药，细心地料理，前前后后半个月，父母的疾病终于好了，恢复了健康。这时，母亲看到自己的儿子劳累得面黄肌瘦，不禁心疼起来。她说："志敏呀，我要杀只鸡、煮些蛋给你吃，好好补养身体！"

志敏则说："爸爸妈妈病刚刚好，身子还差，体格虚弱，倒应吃些营养品，滋补滋补。我年少体健，吃碗菜饭，喝碗稀粥，也就蛮可

拓展阅读

以喏！"

由于志敏的坚持，母亲只好依着他。志敏把鸡蛋煮得喷香，把鸡烧得烂熟，恭恭敬敬地送给父亲、母亲吃。然后转身回到灶上吃菜饭，鸡蛋不肯吃半个，鸡汤也不曾尝一口。

心有大爱者方显真诚。看到父亲、母亲的病好了，家中之事父亲、母亲又可以料理了，志敏可高兴了，也就放心了，为了不荒废学业，又急匆匆告别了父母，回弋阳县城读书了。

漆工镇暴动纪念碑

屡建奇功

　　1931年11月7日，在瑞金召开了第一次全国工农兵代表大会，对在革命斗争中卓建功勋的方志敏同志授予了红旗勋章；英勇善战的红十军荣获奖旗一面。消息传开，军民无不欢欣鼓舞，许多人激动得流出了晶莹的泪花。从漆工暴动以来七年多的时间里，方志敏为了建设红军，开创苏区，经历了无数艰难曲折，

　　1931年11月7日，中华苏维埃共和国第一次全国工农兵代表大会，在瑞金叶坪村的谢家祠堂隆重召开，中国有史以来第一个红色政权——中华苏维埃共和国临时中央政府宣告成立。

红军操场司令台旧址,是军民群众集会的地方,苏区的纪念会、祝捷会、体育运动会、文艺演出都在这里举行。1934年11月,方志敏在这里召开誓师大会,最后一次与乡亲们告别,挥师北上抗日。

倾注了全部心血和精力,闽浙赣人民由衷地崇敬他,爱戴他,信赖他。他领导军民所创立的功绩,所走过的战斗历程,人们又怎能忘怀呢?

方志敏两条半枪闹革命,领导了漆工暴动;胜利地进行了减租减息、打富济贫的斗争,镇压了九区的不法地主，包括方志敏的五叔方高雨、烈桥的张念诚。从此，九区就成了赤色区域，成为赣东北最巩固的工农革命根据地。

1927年11月25日，方志敏在弋阳县窑头村主持召开了著名的弋阳、横峰、贵溪、上饶、铅山五县党员会议，传达了中央的八七会议精神，决定组织弋横武装暴动。

会后，方志敏等分赴各地积极组织农民革命团。到1927年12月，仅仅一个月时间，弋阳、横峰两地农民革命团发展到千人以上，纵横数百里的地方相互连

当年暴动队员使用过的一些武器和生活用品陈列在展览馆里

成一片,共有上百个农民革命团。他们采用农村的旧形式,吃鸡血酒宣誓,秘密缝制了暴动的大旗;以打猎为名制造和购买了土枪土炮,组织自己的武装。群众革命情绪极为高涨,武装暴动的形势已经成熟。

1927年12月,以楼底蓝家为起点,揭开了弋横武装暴动的序幕。

横底村的农民革命团团长蓝长金,迫于生活,和同村的几个贫苦农民,用土法挖了一个小煤窑,每天钻进窑洞里挖出的煤,可以卖一两元钱。为着这点收入,他们要脱得精光,在漆黑无光,水蒸臭气的窑洞里,每天累死累活地劳动十几个小时,而且随时都有被砸死、砸伤的危险。真是一分钱一滴血呀!可是,横峰县衙门连他们赚得这点血汗钱,也要横加勒索,每个月还要交五块钱的捐税,名为"上煤捐"。

自从组织了农民革命团以后,蓝长金他们对这笔苛捐杂税就一直拖着,不再向县衙门上缴了。

1928年元旦这天,县衙门里收煤捐的委员又来逼捐了。大家瞧他那副作威作福的样子,理也不理,只管干自己的事。

这委员平时狐假虎威地抖惯了威风,哪里受过这种冷遇？他涨红着脸，大声嚷道："你们每个月5块钱的捐，为什么不按时送缴，还要我亲自来催？"

"没有煤，家里锅都掀不开，哪来的钱交捐？你这个人讲话，好不懂道理！"刚出煤洞的蓝长金，听后忍不住高声叫起来。

"你们这帮狗东西是有意抗捐。好，我回衙门报告，明天把你们一起提进牢里去，坐到头发三尺长。"

方志敏闹革命的『两条半枪』

"你说哪个是狗？你才是狗！不交捐你敢把老子怎样？"蓝长金气得指着委员的鼻子说。

这一下把委员激得有点恼羞成怒了，他从来没有受过这样的抢白，气得跳了起来，朝着蓝长金的脑袋一拳打过去。蓝长金把收税捐的委员推翻在地。这个委员见势不对，爬起来就跑，边跑边扬言派兵来捉人。第二天，果然来了10多个警察，气势汹汹用武力勒索捐款，还要拘捕蓝长金。早有准备的农民革命团员手执梭镖、鸟铳蜂拥而至，十几个警察全部束手就擒。

消息传开，楼底蓝家一带沸腾起来了。锣鼓喧天，红旗招展。老人们倚门扶杖，笑逐颜开；妇女们抱着小孩，奔走相告；少年儿童臂扎红带子，手持红缨枪，开始分路放哨，盘查过往行人；年轻力壮的肩扛梭镖、鸟铳，迈着有力的步伐，威武地到豪绅地主家训话，宣布废债、罚款，分粮分财物，镇压少数作恶多端的反革命分子。

一时间，一传十，十传百，楼底蓝家暴动胜利的消息很快传遍远近各个村庄。几天之内，参加暴动的

瑞金沙洲坝中华苏维埃共和国中央政府大礼堂旧址，1934年1月21日至2月1日，第二次全国苏维埃代表大会在这里召开。

农民群众达六七万人之多。当时,赣东北各地传诵着这样一首歌谣:

湖塘塌塌岭,出了方志敏;
领导共产闹革命,都是为穷人!

轰轰烈烈的弋横暴动持续了两个多月。后来,国民党反动派从南昌调来了两个营的白军向暴动区域进

嗣汉天师府

攻，暴动暂时被镇压下去了。

弋横暴动受挫后，方志敏和黄道、邵式平等商量，决定改变斗争策略和战斗组织形式，停止进攻，整理内部，健全组织，精干力量，转入游击战争。在农民革命团和农民军的基础上，自下而上建立乡村苏维埃政权，组织贫农团和全民武装的赤卫队，就地坚持群众性的武装斗争；挑选农民中的积极分子20多人，组织一支脱产的游击队，开展游击活动；在各村建立眺高、守夜、打号铳的制度，实行联防、封锁、监视敌人；在敌人驻地实行"白皮红心"政策，配合土地革命，打击敌人。

方志敏蜡像

为此，方志敏带领革命群众，集中力量创建红军和苏维埃政权，建立革命根据地，转入以磨盘山为中心根据地，以正式红军为骨干的游击战争。

磨盘山位于弋阳县东北部，与横峰、德兴县毗连。这里绵延100多公里都是崇山峻岭，地势十分险要。1928年三月、四月间，方志敏及其战友率领游击队向磨盘山进军的时候，游击根据地的范围只剩弋阳9区的四十几个村庄和横峰3区的十几个村庄，纵横不过30公里~35公里，打着土地革命军第2军第2师第14团1营1连番号的游击队，枪支只不过二三十条，子弹缺乏，军事干部又少，战斗力很弱。来犯之敌却是2个营或者1个团，拥有1 200条枪，相当于游击队的40倍兵力。此外，游击区内所有重要村庄差不多都驻扎了白军，少则1个排，多则1个连。敌人日夜不停地"搜山清剿"。

方志敏和他的战友们凭着二三十条枪，每天辗转和敌人周旋。游击队在方志敏指挥下，灵活机动，寻机歼敌，每次都给来犯之敌以有力的打击，给游击区的群众以极大鼓舞，群众也用各种办法配合游击队打击敌人。他们在自己村前村后的高山上，日夜派赤卫队员眺高放哨，发现敌情，就打第一声号铳；打第二声号铳，说明敌人近了，就立即组织群众往预定的深山密林里疏散；等到第三声号铳一响，大家就知道敌人快进村了，武装的群众都隐蔽到树林里，准备配合游击队袭击敌人。敌人每次搜山，总得遗留下几支枪和几十具尸体。

虽然如此,斗争形势还是一天天艰苦起来,敌人越来越多,游击区越来越小,方志敏及其战友被包围在磨盘山中心点的一块小地方,连藏身之处都很难找到。白天不能走路,要在夜间悄悄行动;大路不能走,只能走偏僻的小路;房屋不能住,要躲在树林里、岩石下或水沟里的茅棚里。一天要换几次地方,晚间稍有不慎,就有被敌人打死或被俘的危险。环境险恶,困难重重。最紧急、最困难的时期要算是1928年5月,革命根据地面临着能不能坚持下去的严峻考验。

在那些极端困难的日子里,革命群众对于自己的领袖和同志的爱戴和保护是无微不至的。那时,方志敏和他的战友只要到了哪个村子背后的山上,派一个人下去说一声老汪来了,饭菜被褥就立即送了上来。有一天晚上,方志敏摸黑到了齐川源,与当地革命群众研究如何对付敌人的"搜山清剿"。敌人闻讯,派大

中华苏维埃全国第一次代表大会授予方志敏的勋章

批人马前来捉他。赤卫队员连忙护送他到梅岭，安置到密林中的山棚里。群众打洗脚水的打洗脚水，让铺的让铺，生动的体现了军民鱼水情。

还有一次，方志敏到了横峰霞阳村，村里革命群众都丢下了手中的活计跑来探望方志敏。不料消息走漏，白军突然包围了村子，方志敏沉着地指挥群众转移后，急忙带几个人往后山撤退。可是白军人多，眼看方志敏快要被敌人追上了，在这千钧一发之际，忽然跑在最前面的几个白军发现路边有许多白闪闪的银圆，立刻就像一群饿狗一样，一个个蹲下来忙着在路上抢，后面的也跑上来你争我夺。原来，这是村里的群众把从土豪那里没收来的几箱银圆，拿来丢在路上缠住敌人，使方志敏得以乘机脱险。

面对敌人的清剿，方志敏和他的战友们没有被吓闽浙（皖）赣省会革命旧址，毛泽东主席曾经称这块根据地为"方志敏式"革命根据地。

倒。1928年6月，方志敏主持召开了著名的方胜峰会议。会上，有的说应埋枪逃跑，有的说应把队伍拉到白区流动游击，众说纷纭。方志敏坚决驳斥了那种埋枪逃跑的主张，指出："这里的群众跟我们一起革命，如果我们在困难的时候便埋枪逃跑，群众牺牲太大，那是对革命事业的犯罪，不是共产党人应有的态度。"他斩钉截铁地说："谁要是不承认自己是共产党员的可以走。我们不走，我们是要和群众一起同生死共患难坚持下去的。"大家对第二种意见做了分析，认为在根据地里，革命有群众基础，地形也熟悉，如果转移到新区去，人地生疏困难一定更多，岂不是自取灭亡！

再说，就算把敌人引出了根据地，游击队再回来敌人也会跟回来。最后，大家一致同意方志敏意见，坚持根据地的武装斗争。会上决定，集中40多名脱产的游击队员、40条枪，由邵式平统一指挥，负责打击"围剿"敌人；方志敏带几名游击队员和6条枪，负责作争取群众的工作，镇压游击区内部的反革命活动；派黄道等去贵溪一带负责开辟新的根据地。

这是赣东北党由游击战争转变为创造红军与苏维埃运动的一次关键性会议。这次会议开得很成功，在蒙蒙细雨中，到会同志怀着兴奋的心情，当晚离开了

方志敏故居位于弋阳县漆工镇湖塘村，是一栋普通的农舍。1899年8月21日，方志敏出生在这里。

中共闽浙赣省委机关旧址,闽浙赣省革命根据地是第二次国内革命战争时期,全国著名的六大革命根据地之一。

方胜峰,分头去迎接新的战斗。

在这一段艰苦的游击战争中,方志敏总结出一套适合本地特点的游击战争战略战术原则:出敌不意,攻其不备;声东击西,避实就虚;集中兵力,争取主动;扎口子,打埋伏;斩蛇头,切尾巴等。毛泽东听到这些游击战术时,连声夸奖说:"好,好,好得很,生动活泼。"正在瑞金向中央汇报工作的邵式平听到毛泽东的夸奖,脸上露出满意的微笑。

方胜峰会议上确定的坚持根据地武装斗争的方针胜利了,红军打了许多胜仗,以磨盘山为中心的游击区不但得以巩固，而且扩大了20多公里的范围，成为信江区域最早的革命根据地。

方志敏还利用军阀混战的有利时机，率领红军向外出击，发展苏区。从1930年5月至7月连续攻占了秧板、河口、弋阳、德兴、景德镇，红军猛增至4000多人，拥有800件武器。在此情况下，根据中央指示成立了"中国工农红军第十军"。红十军成立后，出奇制胜粉碎了蒋介石的第1次和第2次反革命"围剿"。1933年1月，根据中央电令，红十军南渡信江，到中央苏区参加第4次反革命"围剿"。

在长期的革命斗争中，方志敏始终以身作则，严于律己。他虽身患肺病，经常吐血不止，还有严重痔疮的折磨，但他从不要求特殊照顾。他和战士们一样跋山涉水，吃野菜，睡茅棚，夜以继日地为革命事业奋斗，大家担心他的健康，想给他搞点有营养的东西吃，他坚持不吃。他说："老百姓吃糠喝粥，国民党吃鱼吃肉；我们是革命者，应该和老百姓同甘共苦！"有一次行军，军部要求每个战士背10斤大米。他到连队检查时，发现通讯员没有替他准备背的米，马上严肃批评通讯员："每个同志都背，为什么我们不背呢？大家都是为了革命吗！"身教胜于言教，正是由于赣东北的党组织能坚持从干部做起，因此，军民上下团结一

方志敏读书遗址

心，各项工作取得了巨大成绩。在中华苏维埃第二次全国代表大会上，被毛泽东誉为"苏维埃模范省"。

闽浙赣革命根据地，是中国革命第一次历史转折时期全国六大革命根据地之一。

拓展阅读

突击河口镇

在强敌压境的情况下,军事上怎样和敌人周旋呢?方志敏提出了一套方针:"出敌不意,攻其不备,声东击西,避实击虚。集中兵力争取主动,打不打操之于我。扎口子,打埋伏,吃补药,吃得下就吃,吃不下就跑。"根据这个方针,他指挥了好多次出色的战斗。突击河口镇就是其中的一次。

1928年8月的一个黄昏,他带着一支队伍,来到河口镇南岸,摆开了阵势,准备集中力量,吃掉这里的敌人。

天黑下来后,突击排战士跑近了桥头哨所,只两三枪就夺下了哨所。枪声惊动了敌人。突击排战士一冲过桥,迎面墙角的一挺机枪就响了起来。

正当突击排战士被压在地下无法冲锋时,方志敏来到了战士们旁边。他两眼盯着前方,命令道:"来,派几个人绕到路口去,切断这挺机枪的后路,再打上几枪,他们就慌了!"

拓展阅读

几个战士奉命去执行这个任务。不多一会儿,路口就传来了枪声。果然,敌人慌了,掉转机枪打了两梭子。就在这一刹那,方志敏指挥突击排战士猛扑到墙角,消灭了那里的敌人。

突击排战士继续朝前冲锋。这时,前面祠堂又有机枪扫射,后面也有枪打来。有的战士说:"不好,我们被包围了!"

"我们没有被包围,敌人外面还有我们的主力呢!"方志敏鼓励大家说:"我们钻到敌人心脏里来了!"

正在这时,南岸的枪声响了。方志敏笑着道:"你们听,我们的主力进攻了。现在,我们快占领祠堂,来个中心开花!"接着,他布置一部分兵力在正面用火力吸引敌人,又组织两支小部队从两侧绕到祠堂门口,一顿手榴弹炸哑了机枪,然后冲进去,消灭了里面的敌人。

主力围攻上来了。河口镇里的一团敌人全部被歼。这一仗,红军缴获了八百多条枪,创造了空前的纪录。

拓展阅读

方志敏纪念馆

　　方志敏纪念馆位于江西省弋阳县城北面峨眉嘴山顶。是全国爱国主义教育基地，江西省级重点烈士纪念馆建筑保护单位。1977年9月由江西省人民政府批准建设，1978年9月落成，占地面积1.1万平方米，建筑面积1300平方米。2003年10月闭馆进行改建，2004年元月重新开放。馆内陈设布局合理，内容丰富，有四个陈列室和一个展厅，分别陈列介绍方志敏烈士参加江西地方党团组织创建、领导江西农民运动闹革命、创建闽浙赣根据地和红十军团、狱中斗争的事迹。纪念馆后为烈士陵园，林木葱郁，碧水回环。馆前广场上，大理石雕刻的方志敏塑像肃穆庄严。底座上刻有叶剑英挽方志敏的一首诗："血染东南半壁红，忍将奇迹作奇功。文山去后南朝月，又照秦淮一叶枫。"

血染东南半壁红

日本帝国主义的侵略,激起了方志敏的万丈怒火。他酷爱我们伟大的祖国和伟大的民族,万分憎恨日本强盗的侵略行径和国民党反动派的倒行逆施。

中国工农红军抗日先遣队挥师北上,得到全国人民热烈拥护,在国际上也引起了巨大反响。但是,蒋介石反动统治集团却丧心病狂地调集重兵,加紧对我军的追击和"围剿"。

北上抗日先遣队第十九师进入浙江境内的常山县时,国民党浙江保安师即从背后追来。十九师指战员在常山附近狠狠教训了敌人,一度攻入常山县城,并取得一批补给。当我军攻克招贤向北进发时,又遇到

怀玉山云雾

敌人王耀武补充旅布下的封锁线。红军指战员奋勇向前，重创敌人，攻克了上方镇，威震沪宁，直逼长江。

先遣队二十师、二十一师是由德兴、开化、婺源、休宁进抵太平，一路连战连捷，攻下和拆毁敌堡一百多座。在兰渡地方，击溃截击的国民党军二十一旅，缴获军车四辆、弹药一批。

1934年12月10日，方志敏率总部抵达安徽歙县汤口镇。总部驻下后，接到中央军区电报，指示部队成立政治委员会，作为闽浙皖赣及先遣队行动区域内党政军的最高领导机关。政治委员会由方志敏、刘畴西、乐少华、聂洪钧、刘英五人组成，以方志敏为主席。这时，十九师已南返汤口和二十、二十一师会合。抗

大型话剧《可爱的中国》

日烽火,映红了东南半壁。

根据中央指示精神,方志敏决定继续北上,深入敌后,把皖南浙西变为强大的抗日战略基地。为了提高部队的战斗力,他针对一个多月来行军作战中反映出来的问题,在汤口对部队进行了整顿,着重解决一些干部之间存在的思想隔阂,以及忽视部队政治工作的现象。同时召开群众大会,宣传党的抗日救国主张,唤醒群众的爱国热忱,并将镇上土豪劣绅的粮食、财物分给劳苦群众,镇压了几个民愤极大的恶霸地主。先遣队行动处处和人民的切身利益结合,受到群众的热烈拥护。许多被国民党抓来赶修公路的百姓,自动加入了红军。

当我军在汤口休整时,敌机天天飞临汤口上空盘旋，警戒部队也捉到几名王耀武补充旅派来的暗探。方志敏考虑到汤口不宜久留，乃率部翻越黄山继续北上。在汤口停留两天，部队虽然得到适当休整，但由于某些同志借口"没有时间进行政治工作"，有些问题未能得到切实解决。方志敏认为，这是这次皖南行动中的一个严重缺点。

黄山，高峻雄伟，缥缈多姿。苍劲的怪松，突出在悬崖陡壁之上，空蒙的云海，漂浮在奇峰峻岭之下。绿树丛中，点缀着许多西式楼房，楼台亭榭。方志敏在山上伫立良久。他凝视着莽莽苍苍的青松，俯临无比壮丽的河山，想到华北战场上日益危急的形势，先遣队肩负的重大使命，不禁热血澎湃，心潮起伏。忽然，他见总部传令兵程火龙从地上捡起一块石头，对

怀玉山梯田

怀玉山红色清贫园

着树丛中的一座西式别墅狠狠砸去，只听到"哗"的一声，一面玻璃窗被打得粉碎。他猜测到了这个战士的心情，但还是走过去问道："火龙，你为什么打玻璃窗呀？"

程火龙气愤地说："那些官僚地主真会享福！"

方志敏微笑着说："打倒了反动派，这些东西不就归人民所有了？你说是不是？"

程火龙听懂了这话的意思，腼腆地说："志敏同志，我懂啦。"

方志敏处处想到人民的利益，革命的前途，对祖国的一山一水、一草一木都充满了眷恋深情。

先遣队到达黄山北麓的苦竹溪时，蒋介石反动统治集团竟以所谓"避免国际纠纷"为由，调集五个正规师、两个独立旅、四个保安团，还有宣城一带的反动地方武装，分成三路，自北而南，向黄山扑来。军团领导经过研究，命令皖南游击大队从左右两侧牵制敌人，红军主力则集中伏击尾随我部的王耀武补充旅。

12月14日，我军在太平县谭家桥附近的乌泥关同敌人打响了战役。乌泥关原名乌泥岭，因宋朝有位爱国将领为抵御金兵入侵曾在这里凿壕设关而得名。它是一个具有抗御外侮光荣历史的古战场，可是蒋介石却要在这里消灭抗日救国的工农红军。历史这面镜子，

"方志敏爱国事迹陈列馆"正厅的方志敏汉白玉雕像

把中华民族的这伙败类照得原形毕露。

上午九点多钟,我军预先埋伏在乌泥关两边,准备一口吃掉敌人的前卫王耀武补充旅,以突破敌人的堵截。但由于刘畴西指挥失策和过早暴露了火力,敌人抢先占领了乌泥关前的六三零高地,致使战斗形成对峙局面。为了扭转战局,我军指战员向敌人发起了一次又一次冲锋,阵地上枪炮声喊杀声响成一片,山石被打得粉碎,树枝树叶在浓烈的硝烟中翻飞。因敌人居于有利地势,我军多次冲锋都被敌人居高临下的火力压回。战斗从上午打到晚上,我军伤死三百余人,尤其是领导干部伤亡较多。方志敏看到突破中路已经无望,敌人的后续部队又源源不断向谭家桥集结,乃率部退出乌泥关,经过旌德到达泾县的茂林镇。在茂林将寻淮洲同志的遗体安葬在附近的潘村,同时将干部团李步新等一部分干部和枪支留下,开展五县边区的游击战争,建立

方志敏烈士被捕后游街

抗日根据地。

村运动途中，在陶村附近与敌军的一个团遭遇，本可一举歼灭，但刘畴西只以一个营迎击，没有取得胜利，向一带山区转移。行军中利用山峦起伏有利的地形打了一些胜仗，但蒋介石十多万军队像疯狗一样，漫山遍野包围过来，敌情越来越严重。鉴于敌我力量悬殊，部队疲惫不堪，加上给养困难，天气寒冷，方志敏为保存抗日力量，决定把部队带回赣东北苏区略事休整，再图北上。他把这个计划电告中央军区，得到了批准。

1935年1月10日，方志敏率领部队向赣东北的怀玉山区进发。这时已是隆冬季节，北风咆哮，大雪纷飞，红军指战员大都穿着单衣，身体冻得直打哆嗦。方志敏痔疮未愈，步履艰难，忍着疼痛和大家一道跋山涉水。风雪、严寒、饥饿、疲劳无时无刻在消耗着

远眺怀玉群峰

指战员们的体力。

1月19日,部队向南华山疾进。部队打算越过这座高山,冲出敌人的封锁线。方志敏经过一片竹林,看见被积雪压弯了的竹枝,依然迎风摇曳,不禁有感于怀,他招呼战友们停住,若有所思地说:"你们看,这些竹枝被冰雪压得多苦!可是它们依然坚强不屈!"说完,还给大家诵读一首诗:

　　雪压竹头低,低下欲沾泥;
　　一朝红日起,依旧与天齐。

这首浩气磅礴的短诗,有力地鼓舞了同志们的斗争热情。

一个多月来,部队一直在荒山野岭中行军作战。现在处境更加艰难。山上找不到一粒粮食,只能靠树上的野果充饥;偶尔发现几个野蜂窝,战士们就用手抓着蜂蜜和着死蜂吞咽下去;再不就抓一把冻得像冰棍似的枯草啃咬。方志敏和同志们一样,吞雪吃草,

方志敏在狱中所写的《清贫》手稿

同甘共苦。许多同志牺牲了，有的被严寒和饥饿夺去了生命，剩下的已经不多了。大家从战友的遗体上寻找遗下的弹药，换上好用的枪支，咬紧牙关，准备同敌人拼死决斗。

晚上，队伍在崎岖的山路上摸索前进。走着走着，不知是谁绊了一块石头，马上招来一阵枪声。大概走了半里多路，前面也响起了枪声，还有敌人的吆喝声，手电筒发出一道道惨白的光柱，在树枝上晃来晃去。原来山口已被切断，敌人开始搜山了。大家只得迅速隐蔽起来。

方志敏躺在树林中的一垛柴窝上，隐隐看见一群群的敌人从树林前走过。他想道："方志敏呀，你的斗争就在此次完结了吧！"但他马上否定了这种想法："不要管它，如果被搜出来，只是一死了事；万一不被搜出，那还可以做几十年的工作！"他视死如归，就是不能忘怀党的事业。

就在敌人反复搜山的时候，方志敏的警卫员魏长发偷偷溜到山下，向敌人投降了。敌人得到魏长发的报告后，喜出望外，急忙令部队严密搜查。匪兵们端着枪，瞪着眼，满山乱窜，一连搜了6个小时都未搜到，后来却被两个匪兵偶然发现了。

方志敏从容地站起来，他叉开两脚，昂然而立，神色自若。当这两个匪兵猜测到这个身材魁梧的红军是谁的时候，不禁狞笑起来，认为这下子要大发洋财了。他们将方志敏浑身上下搜查了一遍，又从头到脚，从衣领到袜底仔细搜查了一遍，但除一只怀表、一支水笔之外，连一枚铜板也没有找到。

方志敏与红十军团先头部队分开地址——江西德兴县程家湾。

匪兵们哪里相信。其中一个掏出手榴弹的引发，装着要扔的样子，气势汹汹地说："赶快把钱拿出来，不然就炸死你！"

方志敏不觉露出一丝苦笑，说："你们不要做出那种难看的样子了。我确实一个铜板都没有。想从我这里发洋财，那是想错了。"

"你骗谁？像你这样的大官会没有钱？"拿手榴弹的匪兵不相信。

"决不会没有钱的，一定藏在哪里。"另一个匪兵说，走上前去又重新把方志敏的衣裤捏了一遍。

国民党匪兵哪里知道，方志敏在长期革命斗争中，一向过着清贫、朴素的生活，他职务虽高，经手的款项总是数以万计，但是一点一滴都用在革命事业上，自己从不挪用一分一厘。正如他说的："清贫，洁白朴素的生活，正是我们革命者能够战胜许多困难的地方！"

两个匪兵看的确搜不出什么东西，这才住手。可是他们还不放心，又在方志敏隐藏的地方仔细搜寻了一番，翻遍了柴窝依然一无所获。两个匪兵用一种难以置信和不胜惊奇的眼光，把方志敏从上到下、从下到上打量了好几遍，这才凶狠地说："快走吧！"

这不幸的一幕，发生在1935年1月29日。

拓展阅读

方志敏的崇高品质

在他短暂而又伟大的一生中,"一向过着朴素的生活,从没奢侈过",以"清贫,清白朴素的生活",磨砺坚强的革命意志。他掌管大权,手握重金,却严于律己,甘守清贫,并且严格要求家人和身边工作人员,因而拥有高尚的人格魅力。

清贫的现实意义体现在物质和精神两个层面上。物质层面的清贫,要求人们在创造财富时不畏艰难,能吃苦耐劳。精神层面的清贫,则要求人们在改造客观世界的活动中永葆锐意进取、顽强拼搏的精神风貌,永远牢记"两个务必",吃苦在前,享受在后,不奢侈浪费,不骄奢淫逸,树立上饶干部清正廉洁、清贫朴素的整体形象,永葆革命本色,甘当人民的"服务员",甘为群众的"勤务兵"。

千秋青史永留红

囚禁方志敏的"绥靖公署"军法处是个审判机关,关在看守所的一切囚犯,都由它审讯判决。在江西的土地革命战争中,不知有多少共产党员、红军战士、革命群众被敌人杀害在这里。蒋介石是从北洋军阀手里接过这座监狱的,如今,把它用作残杀共产党人的屠场。

方志敏被囚禁在一间三等号子里。这是一种最苦最糟的笼子。每个笼子15平方米左右,关七八个人,除每天放风外,全靠门上一个1尺见方的小铁窗通气。室内阴暗潮湿,污秽不堪,臭虫跳蚤,除不尽捉不绝。方志敏入狱不

1949年8月方志敏的母亲金香莲(右二)、岳母胡珍莲(左二)、妻子缪敏(右)、女儿方梅合影于南昌。

久,便连着生了两次病,几乎死去。生病没有药,只有多喝开水,可是开水也喝不上。按军法处规定,囚犯每天只能吃两顿饭,喝两次水。饭是发霉变质的黄米,闻到就令人作呕。菜是一盆清水白菜汤,或几根萝卜条。开水每次只供1小茶缸。方志敏为此向军法处提出了抗议,敌人为了便于劝降,满足了方志敏的生活需要。妄图诱骗软化方志敏,利用他对付共产党和红军游击队。当然这只是徒劳。方志敏同敌人进行了针锋相对的斗争,以他坚贞不屈、视死如归的高风亮节为中国共产党人树立了光辉榜样。

一天晚上,军法处副处长钱协民亲自提审方志敏。这个姓钱的是个血腥刽子手。他办案的准则是:"宁可错杀,不能错放","凡是当过分田委员的,杀!打过土豪的,杀!当过乡苏主席的,杀!担任过红军排以上干部的,杀!……"他不论经手什么案子,只要看一眼"囚犯"的政治身份，就可立刻判决。关于这个嗜杀成性的刽子手，方志敏早就有所耳闻。但这天晚上，钱协民却一反常态。当方志敏拖着10斤重的脚镣走进审讯室时，就喝令看守搬椅子，装出一副"礼贤下士"的样子。方志敏坐定之后，他慢条斯理地说："今天提你来，并不是审问，而是要告诉你一个消息。"

"什么消息？"方志敏问。

"这个消息于你十分不利，说是你的夫人缪敏组织了军队，大约有1000到2000人，取名为赴难军，拆了我们一些堡垒。这确实于你的案子不利，我特意告诉你。"

早把生死置之度外的方志敏，从钱协民的"消息"里得知闽浙赣红军还在战斗，内心感到快慰，对钱耍的花招报以冷

詹明荣油画《清贫》

071
——梅岭忠魂方志敏

献身革命 甘于清贫

关押革命志士的牢房

笑，淡淡地说："那倒没什么，不过，我可以告诉你，我的妻子决不能带兵……大家也不会拿她来号召。共产党是有完全领导红军的力量的。"

钱协民见阴谋被戳穿，又转过话题问道："你是不是愿意看见你的夫人？你与她的感情是不是很好？你们有几个小孩？"

"我共有5个孩子，都很小，我与妻子的感情不坏，因为，我们是长期同患难的人。但我已到了这个地步，妻和儿子哪能顾得到，我只有抛下他们。"

"那倒不必，妻子和孩子，是不能而且不应该抛下的。你愿不愿意写封信叫你的夫人前来啊"。

"找她来，做什么？"

"找她来当然有益于你，这就表示你已倾向于我们了。"

"倾向于你们这些狗?"方志敏怒不可遏,断然回答:"不能够的。"

"我想进一步忠告你,你们既已失败至此,何必还要那么固执,回到国方来做事好了。""不然,杀了你们多少人,何以还留着你不杀呢?老实说,上面要重用你呀!收拾残局,要借重你方先生啦!"

方志敏坚定地说:"我可以告诉你,留在苏区的共产党员,都是经过共产党的长期训练,都是有坚定的共产主义信仰的。"

钱协民使出浑身解数,仍劝降无效,突然变了脸色,警告方志敏如果不投降,就只有枪毙了。

上饶集中营的老虎凳和钉笼上沾满了烈士们的血迹

上饶集中营监狱刑训室

方志敏坦然地说："我完全知道这个危险，但处在这事无两全的时候，我只有走死这条路。"

方志敏坚定不移的共产主义信念，视死如归的大无畏精神，当时敌人的报纸也不得不承认："方志敏态度之强硬，一如平常"。

"方志敏反对一切提议，态度非常强硬，看他到死也不会动摇的"，"关于红军现状的一切问题，他一概拒绝回答。"可是敌人仍旧抱着幻想。他们为了便于劝降，把方志敏送进了一间所谓的"优待号"。

方志敏被移入所谓的"优待号"，他的那间囚室被军法处安排在看守所长和看守员的住室之间，对面是看守所办公室，后面是军人监狱，方志敏的囚室完全置于敌人的视线之内。

方志敏对敌人不抱任何幻想，更不稀罕敌人的什么"优待"。他是"优待室"里唯一带着一副10斤重镣的共产党人。他知道，敌人把他移到"优待室"来，只不过是为了便于劝降，为了改变他的革命信仰。手法变了，罪恶目的没有变。入狱以来，他亲眼看到囚禁的人们憔悴黄瘦的脸孔，亲耳听到囚犯们的悲叹和哀号，亲身经历了一些非人的待遇，心中充满了无穷的仇恨。他决心要将狱中的情形描写出来，使全国红军和革命的工农群众，知道他们同生死共患难的战友们，正在国民党监狱内，挨日子、受活罪，更加激怒起来，加紧奋斗，迅速摧毁国民党的黑暗统治，为一切被枪杀、被斩首、被活活折磨而死的战友

方志敏领导的游击队传递密件用过的火炬和其在狱中所写的《可爱的中国》手稿。

被囚禁中的方志敏和他的两名军官

们复仇!

　　事情不出方志敏的预料,国民党反动当局的劝降使者纷至沓来,络绎不绝。方志敏继续以其坚韧不拔的精神,同敌人的劝降阴谋进行不屈不挠的斗争;同时,他还在分析敌人幻想的基础上产生了一个新的念头,即寻找机会,争取越狱,以便继续为党工作。……一个共产党员,应该努力到死!奋斗到死!是的,应该决定,就是这样决定吧——以必死的决心,图意外的获救!

　　从此,他寻找一切机会教育那些被俘的共产党员和红军战士、革命同志,利用一切机会教育看守所人员,教育那些前来充当说客的特殊囚人。看守兵们大多出身贫苦，方志敏常借聊天的机会，由浅入深，循循善诱，向他们进行宣传教育。他善于联系实际，有的放矢，从眼前的生活谈到劳苦大众的痛苦，从当前的时局谈到帝国主义的侵略和国民党的罪行，以提高他们的认识，启发他们的觉悟。这些工作收到了良好效果，其中有些人后来的确为革命做了有益的工作。

看守所有个新来的文书，名叫高易鹏，学生出身，当过店员。他在方志敏教育下，对政治犯深表同情，决心离开这个肮脏的地方，另谋生活出路。方志敏平时托他买烧饼，借报纸，他都能办到。当方志敏向他提到准备越狱的问题的时候，他曾按照方志敏的吩咐，借故为方志敏联系到监外看病，因军法处不同意，未能成功。后来方志敏的一部分文稿和信件，就是通过他当时的女友程全昭送往上海的。

木板、稻草、破棉被，还原方志敏在狱中的情景

监狱里的伪职人员中还有个凌凤梧，开始担任书记，后来做过几个月的代理看守长。方志敏坦率地劝他不要醉心官场，宁可当个教员，做点学问，这样既能养家糊口，也能为人民做点好事。凌凤梧在方志敏的感召下，认识到为国民党卖命没有前途，也常给方志敏借报纸、传送消息，还为方志敏换了一副较轻的脚镣，并借过一些钱给方志敏零用。方志敏殉难后，据说军法处怀疑他和方志敏的越狱计划有关，曾把他投入监狱。凌凤梧以后回到家乡，一直从事商业和教育工作。

还有一个名叫胡逸民的军法官，属于国民党上层

人士，因"祖共嫌疑"而被关于"优待室"。这个人倾向进步，同情革命。这个军法官常到方志敏的囚室聊天，带来一些报纸和书籍，甚至拿了他写的一部文稿征求方志敏的意见。随着接触增多，他们亲如故友，无话不说，胡逸民的妻子送吃的东西到监狱来，胡也拿些给方志敏，并介绍妻子与方志敏认识。后来，方志敏托他转送、保存了一部分信件和文稿。殉难之前，方志敏有一长信给他，即《给某夫妇的信》，劝他下苦功夫学习马克思主义的理论，树立共产主义的信仰。信中还谆谆告诫他"从反革命营垒跳入革命营垒，从罪恶跳入正义，从黑暗跳入光明。"后来证明，这位军法官认真履行了自己的诺言，把方志敏的一部分信件和文稿送到了上海，完成了烈士的遗愿。

这块忠魂石，据说是当年方志敏被害时，圭峰狂风暴雨，山石滚落。后人为纪念方志敏，在此刻字留念。

方志敏旧居

方志敏壮烈牺牲后,胡逸民非常悲痛,写了一首七言律诗《悼方君》,诗的最后四句是:

> 江山变色灵光减,
> 草木同悲陌上遗,
> 最晚逢君偏易别,
> 泪痕犹洒白杨枝。

由于宣传教育工作发生了效果,方志敏感到分外高兴。现在有人愿意为自己办事,纸笔能买到,文稿有人代送出去,他决心重新拿起笔来战斗。为了同敌人争夺时间,他机警地打发敌人,巧妙地避开敌人的耳目，通常白天构思，晚上动笔，常常写到深更半夜。南昌的盛夏，暑气逼人，狭小的囚室就像一座蒸笼。晚上写作，灯光昏暗，蚊虫成群，汗流如雨。这时，他肺病发作，常常咳血。工作时间稍长，就感到头痛欲裂，四肢无力。实在支持不住了，他就把稿纸暂时收起来，缓缓走动几步，或倒在床上休息几分钟。晚上敌人要查号子，为了防备敌人突然窜来，他一面写，一面还要留心室外的动静。方志敏每写完一篇文章，都在文后注明写作时间。他在短短的72天中，先后写下了《可爱的中国》《清贫》《狱中纪实》《死——共产主义殉道者的记述》《在狱中致全体同志书》《我们临死以前的话》《遗信》等12篇文稿和信件，约计13万字。方志敏留下的这份极宝贵的精神遗产，是他在狱中斗争所取得的一个辉煌胜利，也是他在殉难前为党

方志敏事迹陈列馆

和人民做出的又一伟大贡献!

"血性文章血写成,党人风格万年贞。"方志敏用鲜血和生命写成的文章,热情讴歌了我们的党,讴歌了可爱的中国,愤怒地控诉了日本帝国主义的野蛮侵略和国民党的反动统治,坚信中国革命一定能成功。

南昌市东湖区的方志敏雕像

是一种什么力量促使他这样顽强不屈地战斗呢?他写了这样一首直抒胸臆、气冲云天的诗篇:

> 敌人只能砍下我们的头颅,
> 决不能动摇我们的信仰!
> 因为我们信仰的主义,
> 乃是宇宙的真理!
> 为着共产主义牺牲,
> 为着苏维埃流血,
> 那是我们十分情愿的啊!

对于宁死不屈的方志敏,敌人已无计可施,秘密下了处决令。1935年8月6日凌晨，南昌市天色阴暗。一群全副武装的匪兵突然将方志敏从狱中提出，把他的一双手反铐起来。方志敏神色凛然，从容地走向刑场，伟大的共产主义战士、不屈的民族英雄，为中国人民的解放事业流尽了自己最后一滴鲜血。牺牲时，年仅36岁。

毛泽东曾多次无限深情地说："志敏同志牺牲了，志敏同志可惜了。"1964年，亲自为方志敏烈士题了墓碑。

"千秋青史永留红，
百代难忘正学功；
纵使血痕终化青，
弋阳依旧万株枫。"

枫树，高大挺拔，叶红似火，正是方志敏烈士光辉形象的逼真写照。

方志敏，这个从小就疾恶如仇、见义勇为、追求光明的优秀共产党员，用自己的鲜血和生命灌溉的共产主义理想之花永远开在人民心中！他艰苦奋斗、不屈不挠、流血牺牲的精神，永远激励我们前进！

他的铮铮铁骨、耿耿丹心将永远铭记在我们心中！

拓展阅读

狱里成立了共产党支部

为了挫败敌人的阴谋,方志敏还想方设法教育同监被俘的同志,要他们保持革命的气节品德。

一天晚上,从杭州接来三十五名红十军团的干部。方志敏透过囚室的窗口看见他们被敌人押着从昏黄的灯光下走过,被关进附近的大牢。第二天放风的时候,他便留神观察,发现红十军团二十师参谋长乔信明也在其中。他知道乔信明是个忠实可靠的同志。当天晚上,他便写了一张条子,请一个同情政治犯的看守兵交给乔信明,嘱咐乔信明教育被俘同志坚持斗争,不要动摇。此后方志敏还给乔信明写过两次条子,一次的内容是:"你应该很好地向这些干部进行教育,在敌人面前一定要顽强,怕死是没有用的。"一次的内容是:"我们几个负责人,敌人一定要杀死的。你们坐大牢的不一定死,但要准备长期坐牢。

在监狱中要学习以列宁同志为榜样，为党工作，坚持斗争，就是死了也是光荣的。"在方志敏的教育下，乔信明等人保持革命气节，勇敢机智地同敌人做斗争，捍卫了党的事业和革命的利益。他们还在监狱里成立了共产党支部，经常向被俘同志进行思想教育，并接收了一些表现好的同志入党。1937年七七事变后，当党营救他们出狱时，这个支部拥有30多名党员，全部参加了新四军，走上了抗日斗争的战场。

方志敏广场入口处的石碑

拓展阅读

狱中斗争

方志敏身处缧绁之中，脚带重镣，备受苦刑，体质十分虚弱。是一种什么力量促使他这样顽强不屈地战斗呢？他自己在狱中的著述里做出了明确的回答：

"我十分憎恨地主，憎恨资本家，憎恨一切卖国军阀，我真诚地爱我阶级兄弟，爱我们的党，爱我中华民族。为着阶级和民族的解放，为着党的事业的成功，我毫不稀罕那华丽的大厦，却宁愿居住在简陋潮湿的茅棚；不稀罕美

上饶集中营革命烈士雕塑

味的西餐大菜,宁愿吞嚼刺口的苞粟和菜根,不稀罕舒服柔软的钢丝床,宁愿睡在猪栏狗窠似的住所不稀罕闲逸,宁愿一天做十六点钟的劳苦;不稀罕富裕,宁愿困穷!不怕饥饿,不怕寒冷,不怕危险,不怕困难。屈辱,痛苦,一切难以忍受的生活,我都能忍受下去!这些都不能丝毫动摇我的决心!相反的,是更加磨炼我的意志!我能舍弃一切,但是不能舍弃党,舍弃阶级,舍弃革命事业。我有一天生命,我就应该为他们工作一天!"。

方志敏、粟裕等革命先辈塑像

革命夫妻互称兄妹

1927年，蒋介石破坏国民革命，大肆屠杀共产党人，在被通缉的危险时刻，方志敏潜入党的秘密机关——南昌市黄家巷4号，缪敏成为他的交通员。此时，恰逢全国农协秘书长、日本早稻田大学的高才生彭湃来江西视察工作。生性乐观的彭湃得知眼前的方志敏、缪敏两人相爱却迟迟未婚，忍不住大笑着说："共产党人又不是和尚，紧急时刻献衷情，只有革命者才能做得到。来得早不如来得巧，就让我做个证婚人吧！"

《可爱的中国》弧形石碑

于是，6月上旬的一个晚上，在彭湃和当时江西省委书记罗亦农等人的见证下，在秘密机关二楼，方志敏和缪敏举行了一个特殊的婚礼，几杯清茶，代表所有的祝福。夜深，方志敏将开会用的几条长木凳拼成一张床，便成了他们结婚的"喜床"。

新婚之夜，方志敏送给缪敏两件礼物，成为缪敏此生最珍贵的记忆。一是让缪敏化名为李祥贞；二是送给她一支自己用的金笔："送给你这支笔！希望你用这支笔，记下你美好的战斗历程！今后，我们俩就以李祥松、李祥贞的化名，作为兄妹秘密联络的讯号。"

缪敏异常兴奋："太好了！你叫李祥松，我叫李祥贞，又和你共用了一个'祥'字，吉祥如意！"方志敏说："同生共死。"

位于方志敏广场的方志敏塑像

上饶集中营

革命年代，顾不了儿女情长。新婚第三天，方志敏夫妇便分开了。方志敏转战吉安，缪敏则以国民党中央军55师一位连长太太的身份，来到波阳县委秘密机关担任技术工作，此间敌人怀疑她的身份而将她拘捕。这时，已回乡从事革命活动的"李祥松"（即方志敏）兄长特地来信，以家中父母病重为由，呼唤妹妹"李祥贞"快回家。方志敏的巧计，加上旁人佐证，让缪敏幸运地骗过敌人出狱。

1934年冬，方志敏率红十军团北上抗日，征途中给缪敏留下一封信，信中说："你将在无线电中得到我们胜利的消息。"这对缪敏是极大的精神鼓舞。直到1935年6月，那时缪敏快临产了，她与方志敏

茅家岭监狱旧址

原来的一个通信员刘水生躲藏在德兴县一个农村山棚里，从敌机抛下来的传单上获悉方志敏被捕，有如五雷轰顶，强忍痛苦的她将传单撕得粉碎。不久由于叛徒告密，缪敏也被捕。

缪敏被捕后被囚禁在南昌女子监狱，与同时囚禁南昌的方志敏曾相隔咫尺却未相见。敌人多次向他们表示，签字投降便可团聚，却被方志敏和缪敏同时拒绝。直至8月6日，方志敏被敌人暗杀的噩耗传出，缪敏悲痛欲绝，敌人的罪行更

方志敏《清贫》手稿

激起她的仇恨,在狱中发誓要将革命进行到底。

　　生死与共的夫妻,竟未留下一张可作纪念的合影,这大概是缪敏此生最感遗憾的一件事情。缪敏被难以抑制的思念驱使,最后请人画了一张她和方志敏恋爱时的像,翻拍成照片,并将自己的照片和方志敏狱中留下的照片画在一起,制成铜牌珍藏,这样仿佛方志敏还活着,并且就在她的身边。

　　1937年国共两党第二次合作,缪敏被保出狱,在南昌新四军办事处工作,并经党中央批准,带着儿子方英、方明去了延安,于1977年去世。

毛泽东、邓小平为方志敏的题词

拓展阅读

共产党人的妻子

方志敏始终认为，选择做一名共产党人的妻子，首先须是志同道合的挚友，所以时常对缪敏提出严格的要求。比如要求她写日记，或者每天给自己写一封信，引导她提高文化水平。有一次战士们缴获许多平绒布料，爱美的缪敏忍不住买了一块想做件旗袍，方志敏勒令她退回去："你能买，别人也能买，你不能破坏规矩。"朝夕相伴的日子中，缪敏将方志敏视若兄长和良师益友，在他的教育中，磨炼成一名文化素养和政治涵养兼备的不平凡女性。

清贫碑建在方志敏浴血奋战过的怀玉山玉峰盆地的一座小山上，背景为怀玉山主峰云盖峰。

拓展阅读

毛泽东眼中的方志敏

方志敏的遗稿送到党中央后,毛主席仔细进行了阅读。毛主席讲,方志敏和我的思想是相通的,对当时形势的分析和革命斗争的策略是不谋而合的。毛主席讲到1927年初,方志敏主持召开江西省农代会,国民党右派和我们争夺领导权,他当仁不让。毛主席说,方志敏给我拍电报,问我怎么办?我复电告诉方志敏要坚决反对,绝不可屈服。结果他挫败了国民党右派篡权的阴谋。

毛主席和方志敏见过两次面,一次在广州,一次在武汉。1926年5月1日至15日,在广州

南昌方志敏烈士纪念碑

召开的全国第三次劳动大会和广东省第二次农民大会。方志敏作为江西代表参加了会议。在这次会上，方志敏见到毛泽东。他们交流了农民运动开展的情况，共同讨论了农民运动在中国革命中的地位和作用等问题。方志敏对毛泽东很崇敬，并建立了深厚的情意。1927年1月间，毛泽东回湖南考察农民运动，二三月写出和发表了著名的《湖南农民运动考察报告》，提出了解决中国农民问题的主张和政策，产生了巨大的影响。同年3月30日，毛泽东在武汉主持召开的湘、鄂、赣、粤农协执行委员会联席会议，方志敏参加了这次会议，同时，毛泽东、彭湃、方志敏及国民党左派邓演达等人参加了全国农民协会筹备会。这两个会议讨论了发展农会组织、解决土地问题、扩大农民武装和建立农村革命政权等问题，议定了一个重新分配土地的方案。方志敏、彭湃在会上，积极支持毛泽东关于农民问题的主张和分配土地的方案。后来，毛泽东把这份重新分配土地的方案，提

拓展阅读

交给5月初在武汉召开的党的五大会议上讨论，结果遭到陈独秀的拒绝。在这次全国农民协会筹备会上，毛泽东被选为全国农协临时执行委员会常务委员兼组织部部长，方志敏被选为执行委员。

武汉会议之后，方志敏根据这次会议精神和党的八七会议精神，在赣东北地区积极组织和发动弋阳秋收暴动和横峰年关大暴动，从此开辟和创建了赣东北革命根据地。1930年毛泽东写的《星星之火，可以燎原》一文，赞许方志敏创建的赣东北革命根据地，是"朱德毛泽东式、方志敏式"的根据地，并说，只有这样

赣东北省苏维埃银行闽北分行券

做"才能促进革命的高潮"。

1933年1月下旬,邵式平、周建屏、方志纯带领红十军到中央苏区参加第四次反围剿,他们受方志敏的委托,去看毛泽东,毛泽东很高兴。方志敏同志管理赣东北革命根据地,精打细算,改善根据地人民和士兵的生活。他还把有限的财力,积极支持中央苏区。据记载,仅1933年,方志敏就曾两次派人给中央苏区送去350两黄金。

1934年1月27日,在瑞金召开的中华苏维埃第二次全国代表大会上,毛主席在工作报告中表扬了赣东北的同志有很好的创造,是模范工作者。他说,赣东北同志把群众生活和革命战争联系起来了,把革命的工作方法问题和革命的工作任务问题同时解决了。说他们是革命的良好组织者和领导者,又是群众生活的良好组织者和领导者。

当年方志敏听到毛主席的表彰也深受鼓舞。他在敌人监狱中写的《我从事革命斗争的略述》

拓展阅读

一文中讲道：毛主席"这段评语，更加提醒我们对苏维埃工作主要的注意点，使我们更加兴奋地去加紧工作"。他要求"赣东北的同志们，要努力工作，保持这个宝贵的荣誉呵！"

新中国成立以后，毛主席多次回忆和谈起方志敏同志。毛主席在读《新唐书》看到徐有功传时，为徐有功的耿直公道、为法献身的精神所感动。毛主席在点评批注中赞扬岳飞、文天祥和瞿秋白、方志敏等古往今来的杰出政治家、民族英雄"以身殉志，不亦伟乎！"毛主席称颂方志敏"是个大智大勇、很有才华的共产党员。他死的伟大，我很怀念他"。

清贫园

方志敏烈士之墓

099

献身革命 甘于清贫
——梅岭忠魂方志敏

中华魂·百部爱国故事丛书
提　　要

《誓与禁烟相始终——民族英雄林则徐》

　　林则徐严禁鸦片，坚决抵抗西方列强的侵略，坚持维护国家主权和民族利益。他是中国近代历史上第一位睁眼看世界的人，是抗击帝国主义殖民侵略的第一人，是中华民族抵御外侮过程中伟大的民族英雄。

《血洒虎门御敌寇——抗英将军关天培》

　　民族英雄关天培，在第一次鸦片战争中为了抗击英国侵略者的入侵而血洒虎门，为国捐躯，谱写了一曲可歌可泣的英雄赞歌。关天培用他的生命，书写了中国人民反抗外侮的历史。

《威震镇海靖节魂——抗敌英雄裕谦》

　　在第一次鸦片战争期间的众多牺牲者中，有一位官阶最高，他就是两江总督裕谦。裕谦与外国侵略者斗争立场坚定，与国内妥协派、投降派斗争态度坚决。裕谦督战镇海，与英国侵略军浴血奋战，临危不惧，以身报国，浩气长存。

《斩邪留正解民悬——太平天国领袖洪秀全》

　　农民出身的洪秀全，从失意文人到起义领袖，经历了长期的思想演变过程，在外敌入侵、清朝政府腐朽的历史环境之下，顺应时代的潮流，成长为一位非凡的历史英雄人物，建立了与清朝政府相抗衡的农民政权——太平天国。

《仰承汉唐　荟萃中外——近代数学家李善兰》

　　李善兰是我国19世纪重要的科学家之一，在数学、天文学、力学等方面都有重大建树。他继承了我国古代数学的成就，又以极大的热情传播西方科学文化，"仰承汉唐，荟萃中外"，把自己的一生献给了科学事业。

《严谨治学　勇于探索——近代著名数学家华蘅芳》

　　华蘅芳，中国近代数学家之一。其精通中国古算学，并熟练掌握西方近代数学，是中国验证抛物线并著书立说的参与者。为了证明"外国有的，中国也能造"而鞠躬尽瘁，在引进西方科学技术、传播科学知识上贡献卓著。

《折冲樽俎护山河——近代著名外交家曾纪泽》

　　曾纪泽是中国近代史上著名的爱国外交家，在中俄伊犁交涉事件中，他秉承抵抗列强、保卫国家的坚定意志，利用外交手段全力同沙俄抗争，捍卫了国家主权、民族尊严，收回了祖国的领土，在近代中国外交史上留下了光辉的一页。

《甲午海战留英名——民族英雄邓世昌》

　　邓世昌，北洋水师名将。本书以邓世昌的成长过程为线索，以代表性的历史故事为主要内容，还原真实的历史事件，突出鲜明的人物性格。邓世昌因在中日甲午海战中突出的英雄气概而名垂史册，书写了伟大的爱国主义篇章。

《誓与舰队共存亡——北洋水师提督丁汝昌》

　　丁汝昌处在清朝政府的腐朽和李鸿章的专断下，难以施展爱国的抱负，壮志未酬，愤恨而终。但丁汝昌为建立近代海军作出的巨大贡献，带领北洋舰队爱国官兵勇抗强敌的英雄事迹，将永远为后代所传颂。

《镇南关上凯歌扬——抗法老英雄冯子材》

　　1885年中法战争中，年逾古稀的冯子材为抵御外国侵略，勇赴国难，大败法军于镇南关，并乘胜追击，接连收复文渊、谅山等地，从根本上扭转了中法战争的局面，成为近代民族英雄的杰出代表。

《屡败法军逞英豪——黑旗军将领刘永福》

刘永福是黑旗军的创建者，是农民出身的杰出军事家、政治活动家。在19世纪发生的援越抗法、中法战争中，他率部与帝国主义侵略者进行了殊死的战斗，建立了卓越的功勋，成为我国近代史上著名的民族英雄，为后世所景仰。

《矢志变法强国家——戊戌变法领袖康有为》

康有为是清末民初最有影响力的思想家之一。他领导了中国知识界的启蒙运动，掀起了一场自上而下的政体改革。他最早在中国提出了立宪政体和具体的宪政方案，主张在坚持儒家传统和帝制的前提下，学习西方经验，他的进步思想对近代中国具有深远的影响。

《开民智以报国　普新知而图强——戊戌变法思想家梁启超》

梁启超，中国近代史上著名的政治活动家、启蒙思想家、史学家、文学家，戊戌变法领袖之一。本书以百日维新思想家梁启超的成长过程为线索，以代表性的历史故事为主要内容，还原真实的历史事件，突出鲜明的人物性格。

《我自横刀向天笑——维新志士谭嗣同》

谭嗣同在民族危机的严重时刻，投身改革救中国的洪流。为了带给祖国一个光明的未来，紧要关头，他挺身而出，用自己的鲜血激励后人，把宝贵的生命献给了变法事业。

《睡乡敢遣警世钟——用生命警策国人的陈天华》

陈天华是民主革命的活动家和宣传家。他写的《猛回头》《警世钟》等书，起到了革命启蒙的重大作用。为了激发留日学生的爱国情怀，他不惜投海自杀，演出了近代史上感人至深的一幕，给后人留下了难忘的印象。

《革命军中马前卒——民主斗士邹容》

革命乃"至尊极高，独一无二，伟大绝伦之一目的"；它是"天演之公例，世界之公理，顺乎天而应乎人"的伟大行动。因此，必须"仗义群兴革命军"。他激情高呼："革命独子万岁！中华共和国万岁！"这就是《革命军》的作者，中国近代著名资产阶级革命宣传家邹容。

《休言女子非英物——鉴湖女侠秋瑾》

　　为民族解放和妇女解放而英勇斗争的秋瑾，冲破封建礼教的思想牢笼，打碎封建精神枷锁，崇仰真理，追求光明，主张共和，坚持男女平等，最终献出了自己年轻的生命。

《血溅校场　杀身成仁——民主斗士徐锡麟》

　　本书讲述了反清志士徐锡麟弃文从武、投身反清革命事业，最终被清政府杀害的故事。出于对国家的热爱，徐锡麟献出自己的生命，他的事迹将永远激励后人深切缅怀这位民主革命的先驱。

《生可死耳　我志长存——献身民主的禹之谟》

　　禹之谟，民主革命党人，同盟会会员，近代资产阶级革命家、实业家。1886年，20岁的禹之谟"提三尺剑，挟一卷书"游历四方，研究西方社会政治学说，忧国忧民之心日趋强烈。戊戌变法失败，他丢掉改良幻想，倡革命救亡之说，走上民主革命道路。

《物竞天择　适者生存——资产阶级启蒙思想家严复》

　　严复是中国近代著名的启蒙思想家、翻译家和教育家。他长期从事教育和翻译事业，为近代中国人才培养和思想启蒙做出了重要贡献，同时他也为中国的翻译事业和中西思想文化交流做出了重要贡献。

《辛亥革命急先锋——资产阶级革命家黄兴》

　　黄兴，清末民初资产阶级革命家，中华民国开国元勋。黄兴在武昌首义及辛亥革命时期的爱国表现，与孙中山闻名于当时，常被时人以"孙黄"并称。本书以资产阶级革命活动实干家黄兴的成长过程为线索，歌颂了先辈伟大的爱国主义精神。

《矢志革命　百折不回——近代民主革命家廖仲恺》

　　廖仲恺追随孙中山踏上了创立民国与捍卫共和制的旧民主主义革命

之路；在新民主主义革命时期，他为建立、巩固首次国共合作和实施三大政策，英勇奋斗，为国殉职，洒尽了一腔热血。

《将军拔剑南天起——护国英雄蔡锷》

蔡锷是中国近代史上的杰出军事家、爱国者。他的一生短暂而伟大。辛亥革命爆发，他毅然投身于革命洪流之中，领导云南重九起义，对武昌起义积极响应。袁世凯窃国复辟、恢复帝制的阴谋暴露出来以后，他又毅然举起了武装讨袁的旗帜。

《反帝反封建运动——五四青年的爱国故事》

五四运动是一次伟大的反帝反封建的爱国运动；是一个伟大的历史转折点；是中国人民的斗争从挫折走向胜利的一个关节点，它为中国的前进开辟了一条全新的道路，拉开了中国新民主主义革命的序幕。

《思想自由 兼容并包——著名教育家蔡元培》

蔡元培是中国近现代著名的民主革命家和教育家，一生经历风雨，却始终信守爱国和民主的政治理念，致力于废除封建主义的教育制度，奠定了我国新式教育制度的基础，为我国教育、文化、科学事业的发展做出了富有开创性的贡献。

《为国家争光 为民族争气——中国铁路之父詹天佑》

詹天佑是我国最早的杰出铁道工程师，因主持建造京张铁路而闻名中外，被誉为"中国铁路之父"。他为祖国的铁路事业贡献了毕生的精力。本书向读者展示了詹天佑热爱祖国、科技兴国的辉煌人生。

《实业救国 衣被天下——轻工之父张謇》

张謇是爱国实业家、教育家。他年轻时中过状元。过了40岁，开始投身工商实业活动中，他的名言是"富民强国之本在于工"。在南通，创办大生丝厂、银行等各种实业。并将创办实业的大部分所得投入教育。他的观点是，教育和实业一样，也是"富强之大本"。

《心向革命 追求光明——平民将军冯玉祥》

冯玉祥将军"是一位从旧军人转变而成的坚定的民主主义战士"。

抗日战争期间，他辗转各地，用实际行动积极抗战。日本战败投降后，他为了断绝美国的援蒋内战，又在美国四处演说，揭露蒋介石统治之黑暗，痛斥美国阴谋分裂中国的不良行为。

《刑场上的婚礼——革命烈士周文雍　陈铁军》

周文雍是广州起义的主要领导人之一。陈铁军出身于华侨商人家庭，却毅然投身革命洪流。1928年1月，两人接受派遣，回到广州假扮夫妻从事革命斗争，却不幸被捕。临刑前，两位烈士将敌人的枪声当作自己婚礼的礼炮，用生命和爱情谱写出一曲千古绝唱。

《星星之火　可以燎原——井冈山斗争的故事》

1927—1929年，毛泽东、朱德等老一辈革命家，在井冈山创建了农村革命根据地，进行了艰苦卓绝的斗争，建立了新型革命武装，点燃了工农武装革命之火，找到了农村包围城市最后夺取政权的中国革命的正确道路。

《新民学会的主要发起人——中国共产党早期革命家蔡和森》

蔡和森青年时期曾与毛泽东等人一起组织进步团体新民学会，参加五四运动，并在赴法国勤工俭学时研读大量马克思主义著作，回国后以满腔热忱投身革命事业，成为中国共产党早期重要的理论家和宣传家。

《威震黄浦江畔　高奏抗日壮歌——一·二八淞沪抗战》

面对日本侵略者的挑衅，十九路军在蒋光鼐、蔡廷锴的带领下，高举义旗，奋力一搏。一·二八淞沪抗战，是中国军人捍卫军人荣誉和祖国尊严所发出的吼声，谱写了一曲抗击日军侵略的英雄壮歌。

《将军恨不抗日死——慷慨就义的吉鸿昌》

在国难深重的20世纪30年代，吉鸿昌将军因拒绝执行国民党指示，坚决不打内战，被迫携眷出国"考察"。回国后，他加入中国共产党，组织了民众抗日同盟军，英勇打击日本侵略者，后于1934年11月被国民党反动派杀害。

《献身革命　甘于清贫——梅岭忠魂方志敏》

大革命失败后,方志敏凭着"两条半步枪"起家,身经百战,创建了赣东北革命根据地和红十军。本书真实记录了方志敏投身于革命、领导红军和敌人进行艰苦卓绝斗争的经历,歌颂了烈士贫贱不移、威武不屈、献身革命的高尚品质。

《奏响中华最强音——人民音乐家聂耳》

聂耳在他有限的生命中创作了数十首革命歌曲,在抗日救亡运动中,聂耳的这些歌曲产生了广泛深远的影响。他的音乐创作为中国无产阶级革命音乐的发展指明了方向,树立了榜样。

《横眉冷对千夫指——中国文化革命主将鲁迅》

鲁迅不但是伟大的文学家,而且是伟大的思想家和伟大的革命家。在那风雨如晦的黑暗年代里,他以笔为投枪,同一切帝国主义和反动派进行了顽强的战斗,为中国人民树立了一个不朽的丰碑。他是新文化战线上的一面光辉旗帜,是我们伟大民族的灵魂。

《铁流两万五千里——红军长征的故事》

红军长征是人类历史上的一次伟大的壮举。第五次反"围剿"失败后,中国工农红军的三大主力在极端艰难的条件下,突破国民党军队的围追堵截,进行了史无前例的战略大转移,总行程达两万五千里以上。途中发生了许多动人故事,至今令人难以忘怀。

《荣辱不移革命志——创建陕北红军的刘志丹》

刘志丹是杰出的无产阶级革命家、军事家,西北红军和西北革命根据地的主要创始人之一。他一生热爱人民,追求真理,英勇善战,百折不挠,艰苦奋斗,忠心赤胆,为创建红军和革命根据地、为中国人民的解放事业建立了不可磨灭的功勋。

《英名永存北平城——爱国将领佟麟阁　赵登禹》

1937年7月28日,日军向北平郊区发动进攻。第二十九军副军长佟麟阁奉命在南苑率部与日军苦战,腿部受伤,头部被敌机炸伤,壮烈殉国。第一三二师师长赵登禹指挥部队顽强抵抗日军，右臂中弹负伤，仍继续作战。后在转移途中遭日军截击而牺牲。

《八百壮士　四行仓库铸军魂——谢晋元和他的战友们》

　　八一三抗战，中国军人以血肉之躯揭开全面抗战的帷幕。这是一场血战，是中国军人不屈不挠的英雄诗篇，其中的八百壮士守四行，成为这首英雄颂歌中最动人、最凄美的音符。一曲四行保卫战，铸就了不屈的军魂。

《八女投江　气贯长虹——八位抗联女战士》

　　抗日战争时期，以冷云为首的东北抗日联军8名女战士，为捍卫民族尊严，面对凶残的日寇，镇定自若，宁死不屈，投江殉国，表现了中华民族同敌人血战到底的英雄气概。她们的光辉形象，激励着千千万万的后来人。

《艰苦抗战　威震敌胆——著名抗日英雄杨靖宇》

　　杨靖宇将军是我国著名的抗日民族英雄。曾先后担任磐石游击队政治委员、东北抗日联军第一军军长兼政委、抗日联军总司令等职。领导军民对日寇坚持了长达9个年头的艰苦卓绝的斗争，最终以身殉国。

《死也不当亡国奴——镜泊抗日英雄陈翰章》

　　陈翰章，从1932年8月投笔从戎，直到1940年12月8日为抗击日本侵略者，战死在镜泊湖畔。他在抗日疆场上奋战了九年，他那可歌可泣的英雄事迹将为人们永世传颂。

《名将殉国　气壮山河——抗日将军张自忠》

　　著名抗日将领、民族英雄张自忠，生于忧患的时代，抱有"宁为百夫长，胜作一书生"的志向，经历过失败与低谷，最终成就了慷慨人生。本书主要以人物活动为主，勾画出一个真正的"民族魂"鲜活的人生，会带给读者振奋的力量。

《宁死不辱战士名——狼牙山五壮士》

　　1941年日寇在河北易县"扫荡"。为掩护群众和主力部队撤退，五位八路军战士毅然把敌人引上了狼牙山棋盘坨峰顶绝路。弹尽粮绝、无路可退，五位英雄纵身跳下了万丈悬崖，用生命和鲜血谱写出一曲惊天地泣鬼神的壮举。

《太行浩气传千古——抗日名将左权》

左权，中国工农红军和八路军高级指挥员，著名军事家。是八路军在抗日战场上牺牲的最高指挥员。名将阵亡，太行山为之垂首，全党为之悲痛。周恩来称他"足以为党之模范"，朱德赞誉他是"中国军事界不可多得的人才"。

《虎将兴关外 抗倭统雄师——抗联英雄赵尚志》

本书描写了久经考验的共产党员、东北抗联的创建者和主要领导人赵尚志，在艰苦卓绝的条件下，坚持抗战，威震敌胆，战功卓著，忍辱负重，忠贞不屈，为国捐躯的英雄故事，为青少年读者呈上一部爱国主义的佳作。

《黄埔之英 民族之雄——抗日名将戴安澜》

抗日名将戴安澜，先后参加保定、漕河、台儿庄、武汉、昆仑关等战役，作战英勇，屡建奇功；入缅作战，"扬威国外，藉伸正义"；守东瓜，复棠吉；殒身缅北，遗恨丛林，马革裹尸，成就了光辉的一生。

《爱国志士 民主先锋——新闻出版家邹韬奋》

本书讲述了邹韬奋献身新闻出版事业的奋斗历程，展现了一位新闻工作者坚定的革命信念和炽热的爱国主义精神，全心全意为人民服务、为读者服务的奉献精神，歌颂了他的高尚情操和优良品质。

《为抗战发出怒吼——人民音乐家冼星海》

人民音乐家冼星海，青年时期在巴黎求学，饱尝屈辱与磨难；学成后毅然回到多灾多难的祖国，用满腔热忱谱写激昂的音乐，鼓舞中华儿女的斗志；奔赴延安，谱写出不朽的名作《黄河大合唱》，发出中华民族抗日救亡的怒吼。

《全民皆兵　抗击日寇——抗日战争的故事》

中国人民进行的十四年抗战,是一百多年来中国人民反对外敌入侵第一次取得完全胜利的民族解放战争。这场战争是以国共两党合作为基础,有社会各界、各族人民、各民主党派、抗日团体、社会各阶层爱国人士和海外侨胞广泛参加的全民族抗战。

《捧着一颗心来　不带半根草去——人民教育家陶行知》

陶行知是我国现代教育史上伟大的人民教育家、教育思想家。他从青年起就立志献身教育事业,以"捧着一颗心来,不带半根草去"的赤子之心,为人民的教育事业鞠躬尽瘁。

《为民主与和平拍案而起——民主斗士闻一多》

闻一多早年与梁实秋等人发起成立清华文学社。赴美留学期间由对祖国的深深眷恋而创作著名的《七子之歌》。后在西南联大任教8年,积极投身于抗日运动和争取民主的斗争,发表了著名的《最后一次讲演》。

《铁窗难锁钢铁心——革命先烈王若飞》

王若飞是我党早期杰出的无产阶级革命家。在艰苦卓绝的斗争中,他出生入死,屡建奇功,以超人的睿智和胆略,在敌人的监狱中,同敌人展开了殊死的较量,为抗战的胜利和新中国的诞生做出了卓越的贡献。

《横扫千军　还我河山——抗联名将李兆麟》

李兆麟是东北抗日联军创建人之一,他率领抗日联军历尽千难万险与日本侵略者浴血奋战,在极其艰苦的条件下,保存了抗日联军的有生力量,为东北光复做出了重大贡献。

《锄头开出新天地——解放区大生产运动》

为了解决困难,渡过难关,党中央号召党政军民齐动手,开展大生产运动。中国共产党在其控制区域内发动的一场军队屯田和鼓励生产的群众运动,达到了自己动手丰衣足食,共度难关,既进行革命又进行生产自足的目的。

《生的伟大 死的光荣——女英雄刘胡兰》

刘胡兰，坚贞不屈的少年女英雄。生前对我国劳动人民的解放事业无限忠诚，在敌人威胁面前，大义凛然，毫无惧色，英勇牺牲，表现了共产党员的高贵品质。

《饿死不领美国救济粮——爱国知识分子的楷模朱自清》

朱自清作为爱国知识分子的典型，以锐利的笔锋直言痛斥反动政府的暴行，体现了他崇高的爱国情怀和不畏恶势力的精神品格。毛泽东曾给朱自清先生以高度评价："一身重病，宁可饿死，不领美国的'救济粮'"，"表现了我们民族的英雄气概"。

《为了新中国前进——舍身炸碉堡的董存瑞》

伟大的英雄，中国人民的儿子董存瑞，从儿童团长成长为一名光荣的解放军战士，在1948年解放隆化县城时，舍身炸碉堡，为新中国献出了自己年轻的生命。他的英雄形象永远留在人民心里。

《宁死不屈的共产党员——革命烈士江竹筠》

江竹筠，就是著名的江姐。1947年春，她负责《挺进报》工作，只几个月的时间，报纸就发行到1600多份，引起了敌人的极大恐慌。由于叛徒出卖，江姐不幸被捕，惨遭毒刑的残酷折磨，仍坚贞不屈。最后被特务秘密枪杀，年仅29岁。

《抗美援朝 保家卫国——志愿军的战斗故事》

抗美援朝战争是中国人民志愿军为援助朝鲜人民、保卫祖国安全，与美国为首的"联合国军"发生的战争。在朝鲜牺牲的志愿军烈士们，他们英勇的战斗事迹、保家卫国的精神值得我们发扬光大。

《上甘岭上壮烈歌——黄继光和他的战友们》

在1952年10月的上甘岭战役中，黄继光和他的战友们在零号阵地半山腰被敌机枪火力点压制，此时，黄继光身上已经多处负伤，手雷也已全部用光。为了完成任务，减少战友的伤亡，他用自己的胸膛堵住正在扫射的敌机枪射孔，为反击部队扫清了前进的道路。

《诗书印画　全入神品——国画大师齐白石》

　　齐白石出身贫寒，做过农活，当过木匠，后改学雕花木工，从民间画工入手，摹古人真迹，学诗文书法，融汇古今，而诗、书、印、画俱佳；他将中国画的精神与时代的精神统一得完美无瑕，使中国画得到国际的重视，无愧于"国画大师"的称号。

《毕生为文化而奋斗——中国第一出版家张元济》

　　张元济参与、主持和督导商务印书馆近六十年，使其从简单的印刷企业转变为当时中国教育出版的旗帜。张元济一生爱书，在中华大地动荡不安的年代里，他用自己对文化的热爱，续存着中华民族灿烂悠久的文明之光。

《独树一帜　梨园大师——著名京剧表演艺术家梅兰芳》

　　梅兰芳，京剧大师，演唱风格独树一帜，世称"梅派"。曾先后赴日本、美国、苏联演出，并荣获美国波摩那学院和南加州大学的荣誉文学博士学位。作为一位爱国者，抗战期间蓄须明志，拒绝为日本人演出，为后世称颂。

《华侨旗帜　民族光辉——爱国侨领陈嘉庚》

　　陈嘉庚是著名的爱国华侨领袖、企业家、教育家、慈善家、社会活动家。他为辛亥革命、民族教育、抗日战争、解放战争、新中国的建设做出了卓越的贡献。生前被毛泽东誉为"华侨旗帜、民族光辉"。

《向雷锋同志学习——伟大的共产主义战士雷锋》

　　雷锋，一个平凡而伟大的共产主义战士，一心向着党，一生秉承着全心全意为人民服务、无私奉献的崇高思想；发扬刻苦学习和钻研理论的"钉子"精神；坚持勤俭节约、艰苦奋斗的优良作风。毛泽东为其题词："向雷锋同志学习。"

《人民的好公仆——县委书记的好榜样焦裕禄》

　　焦裕禄，被誉为县委书记的好榜样。他用自己的革命精神，展开了与大自然、与社会落后现象、与病魔的多重抗争，让我们领略到一个共产党人的生之伟大、死之壮美的人格品质和具有现实教育意义的精神魅力。

《文学巨匠　京味大师——人民作家老舍》

老舍是我国现代小说家、文学家、戏剧家。他用融入骨髓的真诚文字反映生活的喜怒哀乐。老舍的一生，总是在忘我地工作，他是文艺界当之无愧的"劳动模范"，生前被北京市人民政府授予"人民艺术家"的称号。

《革命老人——无产阶级教育家徐特立》

徐特立是一代伟人毛泽东的老师。他出生在贫苦家庭，大部分时间生活在动荡艰苦的年代；他刻苦勤奋，不畏艰辛，追求光明，一生勤俭，为革命培养了大量的人才；他对党和人民任劳任怨，鞠躬尽瘁。他坎坷奋斗的一生，留下了许多可歌可泣的故事。

《人生能有几回搏——新中国第一个世界冠军容国团》

容国团先后担任中国乒乓球队运动员、女队主教练。获得1959年男子单打世界冠军；1961年夺得男子团体世界冠军；作为中国女队主教练，1965年率女队第一次夺得女子团体世界冠军。他的"人生能有几回搏"的豪言，举国传诵。

《石油工人一声吼　地球也要抖三抖——铁人王进喜》

王进喜，新中国第一批石油钻探工人。他为祖国石油工业的发展和社会主义建设立下了不朽的功勋，在创造了巨大物质财富的同时，还给我们留下了宝贵的精神财富——铁人精神。他被评为"百年中国十大人物"，写入中华民族的光辉史册。

《做人民需要我做的事——著名地质学家李四光》

李四光是一位伟大的科学家，他一生从事地质学研究工作，足迹遍布祖国的山川，为祖国探明了许多地下宝藏；他创建了崭新的学说——地质力学；他历尽重重困难，为正确认识地质构造开辟了一条新路。

《中国化学工业的先驱——著名化学家侯德榜》

为摆脱纯碱需要进口的窘况，20世纪初，怀着"实业救国"梦想的中国化工先驱侯德榜等人创办了永利碱厂，并立志生产出中国人自己的碱。1926年，永利碱厂终于成功地生产出"红三角"牌纯碱，从此中国制碱业得以跨入世界先进行列。

《毕生求是　一丝不苟——著名科学家竺可桢》

著名科学家竺可桢献身科学研究；治学严谨，一丝不苟；一生廉洁，两袖清风；作风民主，爱护学生。他以爱国之心、报国之志，从一个民主主义者逐渐成长为一个共产主义战士。

《热爱自然的大地之子——著名植物学家蔡希陶》

蔡希陶，五十载风雨，五十载坎坷，五十载奋斗，五十载开拓，为了发现对人类生产、生活有用的植物及新物种的引进而做出巨大贡献，在中国的植物资源学史上将永远镌刻着他的名字。

《高洁无私的襟怀——知识分子的楷模蒋筑英》

蒋筑英是中国当代知识分子的先锋典范，他不为名，不为利，尊重科学；他以坚忍的毅力和顽强的作风，在科学的道路上呕心沥血，鞠躬尽瘁，无私地奉献了青春和生命。

《迎接新生命的天使——卓越的妇产科专家林巧稚》

林巧稚是国内外享有盛誉的妇产科专家。在五十多年的医学教育和临床实践中，林巧稚亲自接生了五万多婴儿，治愈了数千病人，培养了数以百计的专门人才，为我国的妇女儿童事业做出了不可磨灭的贡献。

《独自成千古　悠然寄一丘——国画大师张大千》

张大千是20世纪中国画坛最具传奇色彩的国画大师，无论是绘画、书法、篆刻、诗词无所不通。在艺术界深得敬仰和追捧，艺术家们用真挚的感情，用绘画和雕塑展现了"张大千"多彩的艺术形象。

《建造中国的通天塔——著名数学家华罗庚》

　　中国当代著名数学家华罗庚，为中国数学的发展做出了无与伦比的贡献，他是中国解析数论、典型群、矩阵几何等多方面研究的创始人与开拓者，也是我国最早将数学理论研究与生产实践紧密结合的科学家。

《问鼎长天　强我国威——两弹元勋邓稼先》

　　邓稼先是我国著名科学家，参加组织和领导我国核武器的研究、设计工作，从对原子弹、氢弹原理的突破和试验成功及其武器化，到新的核武器的重大原理突破和研制试验，作出了重大贡献。是我国核武器理论研究工作的奠基者之一，被誉为"两弹元勋"。

《敢叫天堑变通途——桥梁专家茅以升》

　　中国著名的桥梁专家茅以升从小立志为祖国建造桥梁，经过不懈努力，他不仅设计建造了一座座宏伟壮观、坚固实用的道路桥梁，而且搭建了一座座友谊之桥，为祖国建设作出了卓越贡献。

《蘑菇云之梦——核物理学家钱三强》

　　被誉为"中国原子弹之父"的核物理学家钱三强，更名后立志于科技报国；24岁投师于世界著名核物理学家居里夫妇；与夫人何泽慧合作，发现铀的"三分裂""四分裂"现象；统领我国的原子大军，做了大量创造性工作。

《两离桑梓地　满怀雪域情——领导干部的楷模孔繁森》

　　孔繁森，是一位一尘不染、两袖清风的好干部。两次进藏工作，历时十载，为西藏的建设、发展和稳定作出了突出的贡献。1994年11月，孔繁森不幸以身殉职。人民群众称他为新时期领导干部的楷模。

《摘取数学皇冠上的明珠——著名数学家陈景润》

　　陈景润是享誉世界的数学家，为了证明"哥德巴赫猜想"，他以惊人的毅力在数学领域里艰苦跋涉，终于攻克了世界著名数学难题"哥德巴赫猜想"中的"1＋2"，创造了中国乃至世界数学史上的辉煌。

《学术独步　饮誉四海——享有国际威望的科学家卢嘉锡》

　　卢嘉锡是一位在国际科学界享有崇高威望的物理化学家、化学教育家和科技组织领导者。1945年，卢嘉锡满怀"科学救国"的热忱回到祖国，对中国原子簇化学的发展起了重要推动作用，他所指导的新技术晶体材料科学研究，也取得了重大成绩。

《德艺双馨　梨园楷模——著名豫剧表演艺术家常香玉》

　　常香玉1941年赴陕甘演出。1948年在西安创办香玉剧社。1951年为支援抗美援朝，率剧社巡回西北、中南、华南各地演出，以演出收入捐献"香玉剧社号"战斗机一架，素有"爱国艺人"之誉。

《文学大师　激流勇进——著名作家巴金》

　　本书以巴金生平和主要事迹为线索，回顾和展示现代著名作家巴金的一生，以期让人们看到巴金在这风云变幻的100多年中，有过成功的欢欣，有过屈辱的磨难，有过痛苦的忏悔，有过平静的安宁。巴金的人生，映照着一代中国五四知识分子坎坷而不平凡的命运。

《壮心系科学　孜孜为国昌——理论化学家唐敖庆》

　　本书讲述了唐敖庆从出国求学、学业有成、回国任教，到服从安排、艰苦工作、刻苦钻研，最终成为中国量子化学奠基者的过程。让人们看到了这位著名化学家的赤心爱国、严谨治学、大公无私的崇高品格和科研上的卓越成就。

《中国导弹之父——著名科学家钱学森》

　　当第一颗原子弹升空的时候，当中国的人造卫星奏响《东方红》的时候，当中国运载火箭腾空而起的时候，当中国研制的导弹准确命中目标的时候，人们都会想起他的名字：中国导弹之父钱学森。

《中国近代力学的奠基人——著名科学家钱伟长》

　　钱伟长曾以中文和历史两个100分的成绩考入清华大学。九一八事变后，钱伟长毅然放弃了文科的学习而转为理科。他是中国近代力学、应用数学的奠基人之一，在固体力学、流体力学以及航空航天领域，取得了卓越的成就，为新中国的现代化建设付出了毕生的精力。

《中国光学科学的奠基人——著名科学家王大珩》

王大珩是我国著名的科学家，中国光学科学的奠基人。他先在清华就读，后赴英国求学，学业有成，立志科学救国，其成就享誉神州。他以科学的求是精神和赤诚的爱国情怀，探索着中国光学发展的闪光之路。